Heinz von Wilk · INSELGSCHICHT'N

ChiemgauerVerlagshaus

Das Buch:

Die Anna und der Bertl, die beiden Möwen, leben in einer ganz eigenen Welt. Da wird der Traum von Freiheit, den wir alle träumen, Wirklichkeit.
Was sich in ihrem magischen Inselkosmos abspielt, wie das die beiden Wasservögel rund um Herren-, Frauen- und Krautinsel erleben, das bewegt, stimmt fröhlich und lässt nachdenken. Zum Beispiel über die Geschichte vom „Kini, der lebt". Oder das schaurige Geheimnis der Krautinsel. Oder eine magische Möwenfeder…
Aber lesen Sie selbst. Und stehlen Sie sich für ein paar Stunden aus dieser schnellen Zeit.
Tauchen Sie ein ins Möwenabenteuer. Fliegen Sie in Gedanken mit Bertl und Anna.
Und – sollten Sie mal eine Möwenfeder finden:
Versuchen Sie, mit ihr zu schreiben. Dann können Geschichten wie die von Anna und Bertl weiterleben.

Der Autor:

Der Rosenheimer Heinz von Wilk war schon vieles in seinem Leben: Weltreisender, Musiker, Künstleragent und Immobilienhändler. Nach langen Jahren in Spanien lebt er seit einiger Zeit im Chiemgau und schreibt hier seine „etwas anderen" Chiemseegeschichten.

Heinz von Wilk

INSELGSCHICHT'N

ChiemgauerVerlagshaus

Der lange Heimweg

Die Abendsonne meint es wieder einmal gut mit dem Chiemsee und der Fraueninsel. Wie gemalt liegt sie da, und am Nordsteg, da sammeln sich die letzten Tagestouristen und warten auf die MS Edeltraud.

Hoch über ihnen, unter dem weiß-blauen Bayernhimmel, da fliegen zwei Möwen: der Bertl, hinter seinem Federrücken auch „der steife Bertl" genannt, weil er seit dem letzten harten Winter doch ein bisserl die Gicht im linken Flügel spürt. Drei oder vier Längen vor ihm, da schwebt sein Möwenweib, die Anna. Wenn es der Bertl nicht hört, wird sie in Jungmöwenkreisen auch gern „die scharfe Anna" genannt.

Sie ist halt ein paar Vollmonde jünger als der Bertl und ein ziemlich hübsches, aber auch vorlautes Federvieh. Jetzt dreht sie, was hochelegant anzusehen ist, im Flug ihren schlanken Hals und schreit zum Bertl nach hinten: „Setzen wir uns noch ein bisserl auf die Poller da unten bei der Fähre?"

Sie mag es, von den Menschenwesen angeschaut und fotografiert zu werden, denkt der Bertl. Und manchmal, da hört man auch ganz merkwürdige oder lustige Geschichten von eben diesen Menschenwesen. Wenn man nur nahe genug dran ist, und wenn die glauben, dass ihnen keiner zuhört. So wie neulich, an einem Herrgottstag wie heute.

Da sind die Anna und der Bertl kurz vor Sonnenuntergang noch an der Münsterkirche vorbeigeflogen und haben sich unten am Klostersteg nahe der Bank hin-

gesetzt. Und wie so oft war auch die Schwester Hildegard da. Immer, wenn sie kann, setzt sie sich noch ein Stündchen auf die Bank und schaut in der Abendsonne über den See. Hinüber zur Herreninsel. An klaren Tagen sieht man das Gipfelkreuz auf der Kampenwand.
„Heut hat sie bestimmt wieder Brotkrümel dabei“, ruft der Bertl, der allen, sogar den permanent übelgelaunten Kormoranen erzählt, wie schlecht er in letzter Zeit sieht. Aber jetzt späht er interessiert nach unten.
„Du weißt doch genau, dass du auf altes Brot Blähungen kriegst“, krächzt die Anna zurück.
„Egal, pack ma‘s!“, sagt er und setzt zur Landung an. Kurz hinter ihm: seine Anna. Die schwarz gekleidete Nonne sieht die beiden Möwen und wirft ihnen Brotbrocken zu. Ein paar Meter weiter steht eine elegant gekleidete Dame um die Fünfzig. Schlank, gepflegt, teuer angezogen. Unsicher kommt sie näher und bleibt neben der Bank stehen: „Darf ich mich ein bisschen zu Ihnen setzen, Schwester?“
Die Nonne lächelt und sieht die Frau an: „Gerne, bitte.“
„Ich schau Ihnen schon ein paar Minuten lang zu. Sie sitzen hier, und Sie strahlen eine Ruhe und so einen inneren Frieden aus. Und auch die beiden Möwen da, die haben keinerlei Scheu vor Ihnen.“
Vor dem alten Brot braucht man auch nicht scheu zu sein, denkt der steife Bertl. Schmeiß das mal einem Storch hin, der fegt dich von der Bank.
Er tut aber so, als würde er nichts verstehen, und die Dame redet weiter:

„Wissen Sie, ich komm alle paar Tage auf die Fraueninsel rüber. Ich wohne in Rimsting, und von Gstadt sind es ja nur ein paar Minuten mit dem Schiff."
„Haben Sie denn so viel freie Zeit? Müssen Sie nicht arbeiten?", fragt die Nonne.
„Früher, ja, da musste ich arbeiten, aber das ist schon lange her. Mein Mann, der wollte, dass ich im Haus bin. Dann kamen die Kinder. Die sind aber auch schon einige Zeit von uns weg. Der Sohn ist in Hamburg, und die Tochter, die ist in Heidelberg verheiratet. Und ich, ich bin immer noch im Haus."
„Und ihr Mann?", fragt die Nonne und wirft den Möwen mehr Brotkrumen hin.
„Ach, mein Mann. Der hat seinen Verein, und seinen Golfclub, und sein Was-weiß-ich. Unser Haus ist sprachlos geworden. Sprachlos, im wahrsten Sinne des Wortes. Wir reden, das schon. Aber irgendwie leben wir aneinander vorbei. Manche Dinge, die werden erst durch ihr Verschwinden sichtbar, wissen Sie?"
Die Dame schaut in die Abendsonne, sie wirkt traurig und sagt: „Entschuldigen Sie, das wollte ich nicht. Sie hören wahrscheinlich so viele Geschichten von so vielen Leuten, und ich wollte Ihre Ruhe nicht stören. Auf Wiedersehen."
„Nein, bleiben Sie. Lassen Sie mich Ihnen von einem Menschen erzählen, der das Reden nie aufgegeben hat. Haben Sie noch ein paar Minuten Zeit?"
Die Dame nickt und schaut die Nonne von der Seite an.
„Oben, im ersten Stock, im Kloster, da stehe ich manch-

mal am Fenster und schaue auf den Friedhof runter. Und da hab ich einen Mann gesehen, der eigentlich, wenn ich recht überlege, jeden Tag da ist. Immer um die gleiche Zeit. Bei jedem Wetter und zu jeder Jahreszeit. Immer ist er da. Und redet. Seine Worte hab ich oben am Fenster natürlich nicht verstanden. Aber ich hab ihn beobachtet, wie er gestikuliert hat, wie er geredet, gelacht und manchmal auch geweint hat. Und vor ein paar Wochen, da bin ich unten am Kirchturm gestanden, keine zehn Meter von ihm weg. Er hat mich nicht gesehen. Und ich schäm mich auch ein bisschen, aber ganz ehrlich, ich wollte hören, was er da jeden Tag zu sagen hat…"

„Betty, da bin ich wieder, Betty." Der Mann, so um die Sechzig, ist ein bisserl beleibt. Die Haare auf dem Kopf, die waren schon mal mehr. Jetzt steht er da in seinem abgetragenen Lodenjanker und hält seinen Trachtenhut in den Händen. Er schaut auf ein Grab herunter, betrachtet die Blumen, bückt sich und rückt einen Strauß mit roten Rosen gerade, der schief in einem Behälter vor dem Ewigen Licht steht.
„Das war bestimmt der Wind gestern Nacht, Betty. Aber jetzt sind die Blumen wieder gerade in der Vase. Ich bin wach geworden, so um drei in der Früh, da war er, der Wind. Fast schon ein Sturm. Ich bin dann aufgestanden und in dein Zimmer rübergegangen, weil, da hab ich ja immer ein Fenster auf Kipp. Du hast die frische Nachtluft immer so gern gehabt, Betty, weißt du noch? Den Sturm, den hast du ja nie gemocht. Aber

so schlimm war er ja nicht, gestern Nacht. War schon lustig, weil am Nachmittag, da hab ich noch Wäsche auf der Leine gehabt. Du hast immer gesagt, als Wetterfrosch, da würdest du verhungern. Und gelacht hast, wenn ich gesagt hab, heut wird's schön, und dann hat's doch geregnet. Weißt noch? Wie du gelacht hast? Übrigens, der Dings, der Obermeier, der hat mich gestern Abend angerufen. Du hast den ja nie leiden können, aber irgendwie ist der schon in Ordnung, muss ich sagen.

Also, der Obermeier, der hat mich gefragt, ob ich nächste Woche mitfahr nach Bozen. So ein Tagesausflug. Weißt noch, wie wir mit dem Bus in Meran gewesen sind, Betty? Wie wir über den Marktplatz gegangen sind und uns die vielen leckeren Sachen angeschaut haben. Wir haben uns Schüttelbrot mit Käs gekauft, und einen Wein dazu. Gelacht haben wir wie die Kinder, nach dem Wein.

Und wie du dann zu mir gesagt hast, es ist so schön hier, aber jetzt wissen wir erst, wie viel schöner es bei uns auf der Insel ist. Weißt es noch? Also, wenn ich wirklich nach Bozen fahr, dann ess ich wieder ein Schüttelbrot mit Käs und trink ein Viertel Rotwein dazu. Oder zwei, eins für dich und eins für mich. Versprochen, das mach ich. Vielleicht sollt ich wirklich mal raus, wie der Obermeier sagt.

Ich hock ja meistens vor dem Fernseher. Gestern, Betty, da war wieder so eine Sendung, weißt schon, wo irgendwer irgendjemanden sucht. Mit Bauern machen sie das jetzt. Und einer aus Pittenhart, der ist sogar

richtig berühmt geworden durch diese Sendung. Der gibt jetzt in Bierzelten und auf Dorffesten Autogramme. Einfach so. Und das nur, weil er eine Frau gesucht hat. Deswegen ist der jetzt berühmt. Kannst du dir das vorstellen?
Dich hab ich nie suchen müssen. Weil du, du warst einfach irgendwann da, Betty. Und ich, ich hab's gemerkt, weil's um mich rum plötzlich heller geworden ist. Heller und farbiger. So war's dann die ganzen Jahre über, die ganze Zeit. Und dann, dann warst du auf einmal weg. Dabei hätt ich dir noch so viel zu sagen gehabt, Betty. Aber ich hab alles von dir gesammelt. Dein Lachen, dein Reden, dein Atmen im Schlaf. Ich hab alles aufgehoben, Betty, da drin. Und jetzt, wo meine Tage keine Farbe mehr haben und wo man die langen Nächte fast nicht mehr derschnauft, da schau ich mir das alles an. In mir drin, Betty, und dann hör ich dich. Die Frau Hagedorn, die kommt jetzt fast jeden Tag rüber und fragt, ob ich was brauch. Aber was brauch ich denn? Dich tät ich brauchen Betty. Was red ich bloß wieder für ein Zeug daher?
Weißt was? Vielleicht geh ich noch auf eine Halbe oder zwei zum Inselwirt rüber. Am Stammtisch sehn s' mich aber auch nicht mehr so gern, glaub ich. Weil ich das Maul nicht mehr aufkrieg, sagen sie. Aber was reden die denn, frag ich dich? Die diskutieren über Überflugrechte für Kormorane, und ab wann man sie abschießen darf. Ja, was weiß denn so ein Vogel? Der weiß doch nicht, wie viel Fische er fressen darf, bevor sie ihn dafür vom Himmel schießen, oder?

Ach ja morgen, morgen komm ich wahrscheinlich später. Ich muss zum Arzt nach Prien rüber. Weißt schon, wegen den komischen Schmerzen im Magen, die ich neuerdings immer hab.
Seit du nicht mehr da bist, da schmeckt mir das Essen nicht mehr so richtig. Gestern hab ich mir ein Gulasch gemacht, Betty. Und dann hab ich zwei Gläser Wein auf den Tisch gestellt und sie abwechselnd getrunken, und mit dir gesprochen, so wie jetzt. Ha, nach dem dritten oder vierten Glas hab ich geglaubt, ich hätt dich reden gehört.
Aus der Küche, da hab ich ganz deutlich deine Stimme gehört, und du hast gesagt, jetzt ist dir schon wieder was angebrannt. Dann bin ich in die Küche rübergegangen, und du glaubst es nicht: der Rest vom Gulasch war tatsächlich angebrannt.
Gut, also, morgen Mittag, da fahr ich rüber nach Prien. Und so um fünf oder sechs, da bin ich wieder bei dir, Betty. Wenn nix passiert und alles gutgeht. Jetzt red ich schon wieder Blödsinn. Weil, wenn's nicht gutgeht und mir was passiert, dann bin ich sowieso bei dir, und dann wär ja eigentlich doch alles gutgegangen.
Siehst, da haben wir es wieder. Seit du weg bist, red ich nur noch so ein Zeug, Betty. Ich muss jetzt gehn, Pfüad di, Betty. Ich denk an dich, aber das weißt ja eh, gell, Betty? Bis Morgen."

„Und dann ist er davongestapft in seinem dunklen Trachtenjanker und mit dem schwarzen Hut auf dem Kopf. So von hinten, da hat er ausgesehen wie ein trau-

riger alter Kormoran, der müde ist vom vielen Alleinfliegen“, sagt die Nonne, nimmt die leere Papiertüte und sieht die Frau neben sich an: „Der Mann, der redet immer noch mit seiner Frau. Und sie bestimmt auch mit ihm. Ich hab die Frau gekannt. Ihn kenn ich auch, seit vielen Jahren. Die beiden, die waren sich selber genug. Die haben hier auf der Insel gelebt. Aber das Beste und Schönste, das die beiden hatten, waren sie selber. Ich bin sicher, dass die auch immer was zu reden hatten. Mein Rat an Sie wäre: Machen Sie doch einfach mal einen Sprung. Einen Sprung über Ihren Schatten. Überraschen Sie Ihren Mann mit, ich weiß auch nicht, mit seinem Lieblingsessen, einem Ausflug. Mit irgendwas, das er mag, das sie früher oft zusammen gemacht haben. Sammeln Sie glückliche Augenblicke. Fangen Sie Ihrer beider Lächeln wieder ein, in einem Netz aus kurzen Glücksmomenten. Geben Sie Ihren namenlosen Tagen wieder Namen. Namen, die nur Sie und Ihr Mann kennen. Und dann reden Sie mitsammen. Überlegen Sie, was Sie ihm sagen würden, wenn Sie wüssten, Sie haben nur noch wenig Zeit auf dieser Erde. Was würden Sie noch zusammen tun wollen? Tun Sie es. Und sagen Sie es. Versprechen Sie mir das?“
Die Rimstinger Dame, die nimmt die Hand der Nonne und drückt sie ganz fest: „Ich geh jetzt. Danke für die Geschichte und danke für den Rat. Ich glaub, ich weiß jetzt, was Sie mir sagen wollen. Und ich werd‘s versuchen. Auf Wiedersehen und alles Gute für Sie, Schwester.“

Der Bertl, der sieht der eleganten Dame nach und sagt zu seiner Anna: „Hast du das jetzt kapiert?“ Die Anna, die schüttelt ihr Federkleid und meint: „So was Unromantisches und Begriffsstutziges wie dich, das muss man wirklich lange suchen, Bertl. Komm, wir fliegen weiter.“

Was die beiden Möwen dann ein paar Wochen später nicht mitgekriegt haben:
An einem weiteren wunderschönen Spätsommernachmittag, da sitzt die Schwester Hildegard wieder auf ihrer Lieblingsbank und schaut in die Abendsonne. Schritte kommen näher: „Entschuldigen Sie, Schwester. Wir wollten gerade zurück zum Steg, da hab ich Sie hier gesehen.“
Hildegard öffnet die Augen. Vor ihr steht die elegante Dame aus Rimsting. An der Hand hat sie einen schlanken grauhaarigen Herrn.
„Darf ich Ihnen meinen Mann vorstellen? Wir waren schon so lange nicht mehr gemeinsam auf der Insel. Und heute, da war so ein schöner Tag, da muss man einfach hier rüberkommen, nicht wahr?“
Der Mann reicht der Nonne die Hand und fragt: „Meine Frau und Sie, kennen Sie sich?“
Schwester Hildegard lächelt und sagt: „Eigentlich haben wir nur einen gemeinsamen Bekannten.“

Der Kini lebt!

„Anna, jetzt flieg doch ein bisserl langsamer!“ Der Bertl, der will jetzt reden, weil ihn die Geschichte mit der Dame aus Rimsting doch ziemlich mitgenommen hat. Aber die Anna, die krächzt nur fröhlich und schreit, so wie eben nur Möwen schreien können: „Bertl, hey, was ist das: Ist weiß, hat rote Streifen und fliegt durch die Luft?“

Der Bertl, der eh schon fast die Krise hat, keucht zurück: „Weiß ich nicht. Was?“

„Ein alter Möwenmann mit Krampfadern.“

Und dazu lacht sie. So laut, dass ein paar japanische Touristen unten am Steg ihre Fotoapparate hochreißen und losknipsen.

„Schau, wie die sich freuen da unten!“, schreit die Anna, „so viel anders wie wir sind die eigentlich auch nicht, oder?“

Der Bertl sieht runter und denkt: Und was ist der Unterschied zwischen einem Japaner wie einem von denen da unten und mir? Ich hab einen weißen Schwanz und kann fliegen.

Sagt er aber nicht laut, denn da könnte sich die Anna bloß wieder aufregen. Stattdessen versucht er, direkt neben ihr zu fliegen und krächzt rüber: „Was würdest du denn machen, wenn ich einfach so wegsterben tät wie die Frau von dem armen Mann? Tätst du mich auch jeden Tag besuchen, so wie der das macht?“

„Wo denn?“ Die Anna muss jetzt richtig laut schreien, was für Möwen aber im Allgemeinen kein größeres

Problem darstellt: „Ja, wo denn? Für einen Märtyrertod am Drehgrill vom Wienerwald bist du zu zäh. Nicht einmal die Klosterkatzen würden sich an dir vergreifen. Und kochen, so wie auf dem Fest neulich drüben auf der Herreninsel, das geht bei dir doch auch nicht."

Da hat der Bertl grinsen müssen, so sehr, dass ihm ein Schwarm Mücken in den Schnabel geflogen ist.

Weil, was da neulich auf der Herreninsel passiert ist, das muss man sich jetzt mal erzählen lassen.

So war's, so ist das passiert. Ist noch keine drei Wochen her: Die Anna und der steife Bertl, die sind zur Abwechslung mal zum Königsschloss rüber geflogen. Abends um sieben oder halb acht muss das gewesen sein.

Die letzten paar Meter, die wollten sie nicht mehr fliegen, und die MS Edeltraud, die schipperte direkt unter ihnen, also haben sie eine Landung auf dem Hinterdeck gewagt.

Neben einem Pärchen aus Frasdorf, da war noch gut Platz. Sie, eine Frau um die Vierzig, gut beklunkert und leicht übergewichtig, sagt zu ihm, der offensichtlich der Angetraute war: „Du kannst die beiden nicht leiden. Ihn nicht, obwohl du mit ihm in der Grundschule warst. Und sie erst recht nicht. Diese Anästhedingsda. Diese Ärztin."

„Anästhesistin, so heißt das, genau genommen."

„Ist ja gut. Und was bitte macht die schon groß, die Frau Doktor Anästhebums? Amputationen zum Schnupperpreis?"

Der geplagte Ehemann verdreht die Augen und schaut

über den blau schimmernden Chiemsee. Noch zwei oder drei Minuten Fahrt bis zum Dampfersteg: „Eine Anästhesistin, die legt Patienten vor der Operation in einen Tiefschlaf, damit die nicht mitbekommen, wenn die Ärzte bei der Operation Mist bauen."
„Super, und solche Leute kennst du!" Die Frau schaut auf die beiden Möwen: „Was für schöne Vögelchen, die da drüben. Gut, dass die mit solchen Problemen nichts zu tun haben."
Der Bertl denkt sich, wenn du wüsstest, wie's hier abgeht, und was wir für Probleme haben, Mädel, dann wärst du froh, dass du keine Federn am Hintern hast.
Sie, die Frau, spricht wieder: „Und er, mit seinem König-Ludwig-Tick, der ist doch krank. Stimmt das eigentlich wirklich, dass der sich irgendwann im letzten Jahr über Nacht im Schloss hier auf der Insel hat einsperren lassen? Nur damit er seinem Idol nahe sein konnte? Und sich dann um Mitternacht seine blöden Haxen gebrochen hat, weil er durch den Tischlein-deck-dich-Schacht gefallen ist, und dann von einem Nachtwächter gerettet wurde?"
„Nein", sagt der Mann, „da, im großen Schlafzimmer im ersten Stock, gibt es zwei Geheimtüren. Die linke führt in ein Badezimmer. Die rechte Geheimtür, die öffnet den Zugang zu einem schmalen und schmucklosen Gang, und über eine Wendeltreppe geht's dann ins Erdgeschoß, in ein ehemaliges Ankleidezimmer. Und über diese Wendeltreppe ist der Fellner damals geflogen und hat sich den Haxen gebrochen. Zweimal. Und weil er so gottserbärmlich geschrien hat, da haben

ihn halt die Nachtwächter gefunden. Seitdem hat er Schlossverbot."

„Mit sowas bist du in die Schule gegangen, nein, ehrlich."

„Der Fellner Hans, der war damals schon einer, der dir die Brezen aus der Tasche gelabert hat, in der großen Pause auf dem Schulhof. Dann hat er später dies und jenes getrieben und irgendwann diese Erfindungen gemacht. Sowas Esoterisches. Mit Wasseraufbereitung und so. Kannst mal sehen. Ich bin immer noch Bereichsleiter Süd für meine blöden Staubsauger, und der Fellner Hans, der ist Millionär geworden."

„Ja, und deppert. Sonst hätt er nicht seinen König-Ludwig-Spleen. Warum fahren wir heute da rüber, ich denk, der hat Inselverbot?"

„Schloss-ver-bot. Schlossverbot, hast mich? Deswegen hat er ja dieses Partyzelt unten auf der Wiese vorm Schlosshotel aufstellen lassen. Jetzt hör auf zu Meckern. Das wird sicher schön, heute Abend. Es kommen noch um die zehn Leut, hat mir seine Frau am Telefon gesagt. Und sie wollt sogar selber kochen. Wo die doch wirklich genug Geld hätten, um sich von der Wirtschaft oben kommen zu lassen, was sie wollen. Er, mit seinen Millionen, und sie, als Ärztin."

„Jetzt schaun mer mal, dann sehn wir's schon", sagt die Frau. Und schon fesselt was Neues ihr Interesse: „Karl, was meinst, da sind doch so viele Ausländer hier an Bord. Da, schau. Da hinten, das sind Franzosen, und die da drüben, das sind bestimmt Italiener, so, wie die rumschreien. Und die da vorne, mit den großen

Ohren, das müssen Engländer sein. Die machen ihrem König wirklich alles nach. Wahrscheinlich spionieren die hier im Schloss."
„Was willst du mir denn eigentlich sagen, Frau? Wir sind auf ein tolles Essen eingeladen, und darauf sollten wir uns jetzt freuen."
„Ja aber, jetzt stell dir bloß vor, das Schiff hat einen Maschinenschaden oder sowas, und es brennt, und die Leute, die müssen ganz schnell über Bord. Wie soll der Kapitän denn das machen, bei so viel verschiedenen Nationalitäten?"
„Der macht das schon. Zu den Engländern sagt er, es wär furchtbar unsportlich, jetzt nicht zu springen. Zu den Franzosen sagt er, in diesem Jahr ist es tres chic, einfach so über Bord zu springen. Den Italienern brauchst du bloß sagen: Springen streng verboten, und schon hüpfen die. Und zu den Deutschen sagt er SPRINGEN! DAS IST EIN BEFEHL!"

Fünf Minuten später legt sie am Dampfersteg der Herreninsel an, die MS Edeltraud, und die Passagiere drängen sich über den alten Holzsteg. Vorne am Platz, da verteilt sich die Menge. Einige gehen zum „Inseldom", andere gleich rauf in die Schlosswirtschaft. Und unser Ehepaar, das hält sich links auf der Straße zum Königsschloss. Nach ein paar Metern sieht man schon das elegante weiße Partyzelt in den letzten Strahlen der Abendsonne.
Vor dem Zelt, links und rechts: je eine majestätische Fackel. Der Zelteingang ist mit blauen Bordüren be-

hängt, denn Blau, das war die Lieblingsfarbe vom Kini. Im Zelt erstrahlt auch alles im royalistischen Blau, mit eingestickten weißen Schwänen. Weil Schwäne die Lieblingstiere des Monarchen waren. Auf dem Tisch: schwanenförmige Kerzenleuchter mit weiß-blauen Kerzen. Der Tisch selber, für zehn Personen eingedeckt, ebenfalls in weiß-blau.

Am hinteren Ende des Tisches steht ein thronartiger Stuhl, ganz in Gold. Die anderen Stühle, zu beiden Seiten, die haben weiß-blaue Leinenhutzen. Sehr elegant. An den beiden Längsseiten sind Tische mit chromblitzenden Töpfen und Kasserollen, unter denen in Rechauds Spiritusflammen züngeln.

Drei Bedienstete (man glaubt es nicht, und es wird auch schon langsam langweilig) in blau-weißen Uniformen reichen Champagner in hochstieligen Gläsern. Die Dame des Hauses plaudert mit einer kleinen Gruppe teuer gekleideter Menschen.

„Davon kenn ich keinen einzigen", sagt der Mann, den wir jetzt der Einfachheit halber Karl nennen, „und meinen Spezl Hans seh ich auch nirgends."

Karls Frau, die Erna, schaut sich um: „Ich auch nicht. Gehen wir vor und begrüßen Frau Doktor. Wir sind eh die Letzten, so wie's ausschaut."

Und Frau Doktor, die freut sich. Tut jedenfalls so und sagt: „Herrlich, dass Ihr kommen konntet. Da vorne, da wären Eure Plätze. Trinkt doch ein Glaserl von dem herrlichen Schampus, und dann fangen wir mit dem Menü an. Der Hans, der ist im Moment ein bisserl unpässlich und stößt später zu uns. Wir sollen aber ruhig schon anfangen zu essen, hat er gesagt. Ich hab's den anderen Freunden hier auch schon erzählt. Hat Euer Schiff Verspätung gehabt?" Damit dreht sie sich um und winkt nach Champagner: "Macht ja nix, wir haben uns alle sehr nett unterhalten. Bis gleich, ihr Lieben!" Und weg ist sie.

Also suchen sich der Karl und die Erna ihre Sitzplätze, und auch die anderen Gäste gehen lachend und plaudernd zu ihren Stühlen.

„Da, schau, eine Menükarte!", sagt die Erna und fächelt mit einem Blatt Büttenpapier. In dem Moment schlägt Frau Doktor vorn auf ihrem Thron mit einer Gabel an ihr Champagnerglas: „Liebe Freunde, es ist so schön, dass ihr alle kommen konntet. Wir sind nur ein elitärer kleiner Kreis von fünf Paaren heute Abend, aber Hans und ich und ihr, wir wollen uns ein paar unvergessliche Stunden machen. Leider kann der Hans im Moment nicht unter uns sein, deshalb trinken wir den ersten Toast auf ihn." Damit hebt sie ihr Glas zum Zeltdach und macht eine feierliche Miene.

„Die tut ja so, als wär er tot", zischelt die Erna. In dem Moment setzt leise Hintergrundmusik ein. Wagner. Weil Wagner…, aber das weiß ja mittlerweile jeder.

„Auf der Menükarte, da steht keine Nachspeise. Warum?", flüstert die Erna zum Karl.

„Weiß ich jetzt auch nicht, aber komisch ist das schon, weil der Hans doch so ein Nachspeisentiger ist. Und das andere Zeugs: alles Wild. Aber sie, sie ist ja Jägerin."

Wie zur Bestätigung sagt die Frau Doktor vorne: „Lie-

be Freunde, wir beginnen nun mit dem König-Ludwig-Menü. Der Kini mochte am liebsten Wild, wie ihr alle wisst. Gut, er hat auch den einen oder anderen Hecht im Sauerkraut gerne gegessen, aber Wild, das war halt sein Ein und Alles. Und ich, als passionierte Jägerin, ich hab das, was es heute gibt, selber erlegt und hier auf der Insel persönlich für euch zubereitet. Nun wünsche ich euch allen einen Bon Appétit und schöne Stunden."
„Seit wann kocht denn die?" Erna wird langsam skeptisch. „Die erzählt doch sonst immer, dass sie eine Kochlöffelallergie hat. Jetzt sag doch mal was!"
Karl, der immer noch die Menükarte studiert, sagt: „Also, die Sisi, ich mein, nicht die da vorne, die Original-Sisi meine ich jetzt, die hat am liebsten rolliertes Roastbeef mit weißen Rüben gegessen. Oder Kalbsvögerl mit Reis. Und mit Nachspeisen, da war die ganz hart drauf. Wenn's da nicht mindestens ihren Nusspudding mit Aprikosentunke gegeben hat, dann hat sich der Ludwig aber anschließend selber an der Zündkerze spielen dürfen. Und der Hans, der Kinifreak, der hätt doch nie im Leben die Nachspeise sterben lassen. Hier stimmt was nicht."
„Karl, jetzt aber! Red doch nicht so einen Schmarrn! Außerdem, findest du wirklich, dass die Walküre da vorne wie die Sisi aussieht?"
„Naa, eigentlich nicht. Aber ein bisserl auf Sisi getrimmt ist sie schon, oder?"
„Ja", meint die Erna, „weil die in letzter Zeit ganz schöne Eheprobleme gehabt haben, der Hans und die Frau

Dings da vorne, was man so hört. Vielleicht hat er sich die ein bisserl hingeschminkt. Obwohl, mit der Frisur? Vorher hat die ausgesehn wie ein altes Weib. Und jetzt schaut die aus wie ein alter Kerl."

Jetzt klatscht die „Dings da vorne" in die Hände, und die Bediensteten servieren den ersten Gang: geschmorte Scheiben von der getrüffelten Pfauenbrust. Ein Lieblingsessen von… aber Sie wissen's schon, oder?

Der Karl, der schaut auf seinen Teller und legt den Kopf schief: „Sag mal, schaut so eine Pfauenbrust aus? Und wie die riecht! Riecht so ein Pfau?"

„Du hast auch nie so gerochen, wie ich mir das gewünscht hab", sagt die Erna, „jetzt stell dich nicht so an! Warum ist es dem Hans nicht gut? Ist das immer noch der Beinbruch hier im Schloss, da im Geheimgang?"

„Nein", sagt der Karl und dreht den Kopf nach links und rechts, ob ihn auch keiner der Tischnachbarn hört, „das ist doch schon einige Zeit her. Aber letzten Herbst, da waren die beiden in Neuschwanstein, Frau Doktor und er. Und beim Runtergehen, da ist der Hans doch glatt auf einem Pferdeapfel ausgerutscht und hart auf den Hinterkopf gefallen. Dann haben sie ihn in Füssen ins Krankenhaus geschafft, und wie er da wieder wach geworden ist, hat er dann tagelang in einem völlig anderen Dialekt gesprochen. Sächsisch. Kannst du dir das vorstellen? Auf jeden Fall hat sie ihn da aufopfernd und so lange gepflegt, bis er wieder bayrisch reden konnte. Obwohl's da in ihrer Ehe auch schon bös gefunkt hat."

„Warum haben die denn auf einmal solche Probleme

gekriegt?“ Jetzt wird die Erna doch neugierig.
„Nicht auf einmal. Das war schon auf zweimal oder dreimal oder noch öfters. Sie hat halt keinen Bock mehr auf seine Kini-Reisen und das ganze Zeugs gehabt. Einmal sollte sie ihn fast ersäufen, das hat er von ihr verlangt. Da im Dings-See, wo der König mit dem Doktor von Gudden oder wie der geheißen hat dann über den Jordan gegangen ist. Bei Schloss Berg am Starnberger See. Und dann wollte er noch, dass sie sich dazu einen Bart anklebt. Ich bin doch keine Aristokraten-Domina, hat sie da zu ihm gesagt.“
„Und jetzt macht sie einen auf Sisi? Das passt doch sowas von gar nicht. Hier stimmt was nicht, Karl. Es hat da im Schwarzwald diesen Fall gegeben, weißt noch? Allerdings umgekehrt. Er, er war Jäger, und plötzlich, da war die Frau, also seine Frau, die war weg. Verschwunden.“
„Ach“, sagt der Karl, „die war wohl zuckerkrank, und er hat sie für in die Bowle auf seinem Herrenabend gebraucht, oder was?“
„Jetzt zeig doch mal ein bisserl Sinn für Interesse“, zischt die Erna, „schau mal, keiner außer uns merkt was. Oder vielleicht tun die alle nur so, und wir beide sind die einzigen hier, die nicht eingeweiht sind.“
Jetzt kommt der zweite Gang: Rehkitzrücken mit böhmischen Serviettenknödelscheiben.
„Das ist nie im Leben Rehkitzrücken“, sagt die Erna leise zum Karl, „das Fleisch ist viel zu süß und zu hell. Siehst du das nicht? Und Frau Doktor, ich mein, die Sisi da vorn, die isst so gut wie nichts. Jetzt schau doch

mal! So langsam fürcht ich mich ein bisserl. Du nicht?“
„Ich fürcht mich vor nix“, sagt der Karl, „es sei denn, ich krieg Angst.“
„Karli, man darf das Naheliegende nicht übersehen, nur weil es naheliegt. Sie ist Jägerin. Und Ärztin. Die weiß, was zu tun ist. Die hat ihn erlegt, zerlegt und gekocht. Und wir, wir fressen das Corpus Delicti auf. “
„Kennst du die G‘schicht vom König Ludwig auf der Jagd in Neuschwanstein? Der Kini schießt bei der Wildschweinejagd einen Treiber an, sein Hofarzt, der Doktor von Gudden kommt erst eine halbe Stunde später dazu, weil er im anderen Eck vom Wald gejagt hat. Wie der also ankeucht, da ist der arme Treiber schon mausetot. Der Kini sagt: Na, was könn‘ ma do machen? Und der Doktor Gudden sagt: Nix mehr, Ihre Majestät hätt ihn vielleicht nicht ausweiden lassen dürfen, den armen Kerl. Gut was?“
„Mit solchen Sachen, da kenn ich mich aus. Meine erste Schwiegermutter, die hat zwei Männer ins Grab gekocht. Ihren zweiten Mann und dann noch den Lebensgefährten, den sie sich nach dem armen Mann geschnappt hat, also den, den sie ins Nirwana gekocht hat.“
„Und der erste Mann?“ Der Karl kaut jetzt schon sehr widerwillig auf dem Fleisch: „Der erste Mann, was war mit dem? Wollte der die Schwammerl nicht essen? Und sie hat ihn dann erschlagen?“
Der Karl ist schon ein bisschen irritiert. Aber die Erna, die war in jungen Jahren schon ein paarmal verheiratet und weiß, wie der Ehehase läuft.

„Nein, du Olm“, zischt die Erna, „der war clever, der ist rechtzeitig abgehaut. Obwohl, geholfen hat‘s ihm nichts. Weil, den hat dann der Fluch doch noch ereilt. Im Innsbruckischen, da hat sich der alte Zausel in seine jetzige zweite Frau verguckt. Ein Tirolerknödl, frisch vom Berg runtergerollt. Die macht ihm jetzt die Hölle heiß und kocht ihm zweimal die Woche Schweinshax‘n und Marillennockerln in Buttersoße. Aber jetzt seh ich was ganz was anderes. Da…“
Gebannt starrt die Erna zur Sisi vor, die gerade aufgestanden ist.
„Da, Karli, der Grandlschmuck. Schau!“
„Was hast denn jetzt wieder?“ Der Karl begreift langsam gar nichts mehr.
„Grandlschmuck, das ist Jagdschmuck, du Trottel. Lauter Selbstgeschossenes. Und jetzt schau dir bitte mal die zwei Zähne in der Mitte von der Bauchkette an! Na, fällt dir was auf?“
„Nein. Das sind Zähne, wahrscheinlich von einer Wildsau.“
„Eine Wildsau mit Goldplomben? Nein, die schauen eher aus wie die Eckzähne vom Hans. Der hat doch mehr Gold im Maul gehabt als ein Juwelier im Schaufenster. Das sind seine Eckzähne, da wett ich. Jäger sind Allesverwerter, die schmeißen nichts weg. Und beobachte doch bitte mal unauffällig die anderen Gäste! Schau doch wie die schaun! Und wie die uns versteckt beobachten, mein ich. Vielleicht sind das alles Kannibalen, und wir, wir sind die nächsten Opfer. Und das heute ist auch so eine, wie soll ich sagen, Vorschau auf

das nächste gemütliche Festessen. Man will ja vorher in Augenschein nehmen, was man isst. Du fragst beim Metzger auch nach, wo dein Fleisch herkommt, oder?"
Karl, dem jetzt doch mulmig wird, der schiebt seinen Stuhl zurück und flüstert der Erna noch ins Ohr: „Ich hol jetzt die Polizei, ich geh telefonieren und komm gleich wieder."
Mit einem sehr gezwungenen Lächeln im Gesicht schiebt er sich rückwärts zum Zelteingang…, und stößt dort mit einem königlichen Hans Fellner zusammen, der gerade mit Schwung das besagte Zelt betritt. Gekleidet in einen samtblauen Umhang, hermelinbesetzt. In seiner Königsuniform unter dem Samtumhang und mit onduliertem Haupthaar ist er ganz der König Ludwig, der Zweite.
„Freunde, liebe Freunde!", donnert er, „schön, dass es euch gemundet hat. Als besondere Überraschung bitte ich euch jetzt, mit mir und meiner Sisi zu kommen. Draußen warten Kutschen auf euch. Den Nachtisch, Nusspudding mit Aprikosentunke, das Lieblingsdessert meiner göttlichen Sisi hier, nehmen wir gemeinsam im Schlosspark ein. Kommt nun, meine Freunde, kommt!"
Und reißt den Zeltvorhang beiseite. Draußen, in der Nacht, da stehen drei schwarze Kutschen, prächtig geschmückt mit Orchideen und Rosen. Die Kutscher sitzen in goldglitzernden Uniformen auf den Böcken.
In der ersten Kutsche nimmt der Fellner mit seiner Doktor-Sisi Platz, auf Kutsche zwei und drei verteilen sich die Gäste.

Fackeln erleuchten die Szene, als der Kini mit seiner Sisi in der ersten Kutsche anfährt.
Es sind noch ein paar späte Inselgäste unterwegs, auf dem Rückweg zum Schlosshotel. Einer reißt seinen Fotoapparat hoch und ruft: „Er lebt! Der Kini lebt!“

Recht viel schöner kann's im himmlischen Paradies auch nicht scin, denkt sich der Bertl und schaut auf „seine“ Inseln runter. Die Luft ist so rein und durchsichtig und der Himmel ist so blau wie er eben nur hier in Bayern sein kann. Die Sonne flimmert pures Gold über den leicht gekräuselten Chiemsee, und die Inseln da unten, die liegen da wie ein eigener Kontinent.

In diesem Moment, genau jetzt, da fühlt sich der steife Bertl wie ein König. Das sagt er auch seiner Anna, die wie immer fünf oder sechs Längen vor ihm fliegt: „Anna, wenn's einen Möwenkönig geben würde, da könnt ich mir mich gut vorstellen!“ Und legt sich schräg in die Luft, den Kopf leicht nach oben zur Sonne gestreckt: „Da, schau, wie ich ausschau!“

„Für mich schaust du aus wie dieser Joschka Dingsbums da, der Ex-Politiker, bevor der so viel abgenommen hat.“

In dem Moment reißen zwei Düsenjäger den Bertl aus seinen royalen Gedanken. Hoch über ihm ziehen sie ihre Bahn und hinterlassen zwei dicke, weiße Kondensstreifen.

„Boah“, sagt die Anna, „jetzt schau dir das an! So schnell wie die zwei da oben, so schnell möchte ich auch mal fliegen können.“

Der Bertl, missmutig, weil ihn der Düsenjägerkrach aus seinen schönen Träumen gerissen hat, der meint dazu nur: „Und was ham's davon? Der Arsch glüht ihnen.“

Aber die Anna kennt ihren Bertl und weiß, was seine Stimmung schnell wieder heben kann: Futter.
„Da unten, Bertl, schau, das Segelboot! Das da, bei der Krautinsel. Da sitzen drei Männer an Deck und essen was. Komm, da stauben wir was ab."
Tatsächlich: Schräg unter ihnen liegt eine ansehnliche „Hunter 27" vor Anker. An der Nordostseite der Krautinsel. Hinten, an Deck des Bootes sind drei Männer zu sehen, die essen und trinken und reden.
Der Bertl und die Anna landen am flachen Ufer, nur ein paar Meter vom Segelschiff entfernt und schlagen ein bisschen mit den Flügeln. Schon hat einer der Männer die Möwen gesehen und wirft Brotwürfel zu den beiden rüber.
Der Bertl schnappt sich eines der Stücke und sagt mit Kennermiene: „Bergmeister, Vollkorn-Bio. Geschmack haben sie, die Burschen."
Die Burschen, das sind eigentlich drei Männer jenseits der Fünfzig.
Einer, schlank, grauhaarig mit einem abwesenden Gesichtsausdruck, der wirft eben wieder Brot zu den beiden Möwen rüber und sagt, mehr zu sich selber: „So ein Vogel müsste man sein. Die haben keine Schreibblockaden, so wie ich jetzt."
Der etwas mittig Sitzende, ein dicklicher Bursche mit wenig Haar, aber einem roten Schluckerzinken im Gesicht, der meint: „Warum hast du eine Blockade? Du bist doch sonst nicht aufs Maul gefallen."
Der Dickliche ist im richtigen Leben Wirt in Bernau. Eine grundgeizige Seele. Zu D-Mark-Zeiten, Gott hab

sie selig, da hat so mancher Adler auf dem Fünfmarkstück zu blinzeln angefangen, wenn der Wirt mal einen aus der Tasche gezogen hat. Weil sich der Vogel auf der Münze erst wieder ans Tageslicht gewöhnen musste. Eigentlich wollte er Sänger werden, der Wirt. Aber gleich in der ersten Gesangsstunde hat der Lehrer zu ihm gesagt: „Lassen Sie's sein, Ihre Stimme taugt eh nur zum Schweinsbratenessen."

Gesungen hat er aber trotzdem gerne, der Wirt. Besonders nachts, wenn er gut betankt war.

Es hat auch schon mal ein Urlauber morgens um drei die Polizei angerufen, weil er gedacht hat, da wird ein Schwein schwarzgeschlachtet, mitten in der Nacht. So gotterbärmlich war der Gesang. „Kommen Sie bloß schnell, damit das arme Tier nicht mehr so lange leiden muss!", hat der Urlauber am Telefon gesagt.

„Nein", sagt der Schriftsteller, „aber kennst du das: die Angst des Schreibers vor dem leeren Blatt? Es ist ja auch alles schon irgendwann geschrieben worden. Nur eben noch nicht von jedem. Außerdem hab ich einen Verleger, der manchmal Ideen hat, und die teilt er mir dann mit."

„Was denn für Ideen?" Das ist jetzt der Dritte im Boot, der da spricht. Ein eleganter grauer Brillenträger aus Gstadt. Der einzige echte Segler im Boot, übrigens. Obwohl er sagt, der Chiemsee, der sei keine Herausforderung für ihn, hat er sich doch schon auf allen Weltmeeren gekonnt übergeben! Und aus dem Chiemsee, da hat er in diversen Stürmen schon mehr Leute aus dem Wasser gezogen, als überhaupt reingefallen sind.

„Na ja“, sagt der Schriftsteller, so Gedankenbruchstücke eben. Er mailt: Schreib doch mal über Chiemseefischer, die was Seltsames im Netz haben. Was ist hier seltsam? Der letzte Quastenflosser ist vor ungefähr fünftausend Jahren aus dem Chiemsee gezogen worden. Oder, noch so ein Gedankenblitz: Schreib mal über einen Preußen und einen Bayern, die sich über einen Radi unterhalten, verstehst? Da kannst du doch keine fünftausend Wörter drüber schreiben, selbst wenn du Schreibdurchfall hast, kriegst du das nicht hin.“
„Und was willst du machen?“ Das war der Wirt.
Jetzt ist der Schriftsteller natürlich ein Typ, der immer neugierig gewesen ist, der immer wissen wollte, was hinter der nächsten Kurve, hinter dem nächsten Berg und hinter dem Meer liegt. Und überhaupt immer alles wissen wollte. Eine frühe Freundin hat mal zu ihm gesagt: Irgendwann weißt du so viel, dass du endlich kapierst, dass du eigentlich gar nix weißt.
Und weil Frauen bei solchen Gelegenheiten immer noch einen draufsetzen müssen, hat sie noch gesagt: Und in deinem Kopf, da sieht‘s aus wie in einem dieser teuren Geschäfte, die Kristallvasen und so Zeugs verkaufen. Bloß, in deinem Kopf, da sind alle Regale mit kostbaren Gläsern und Dingen gefüllt, aber jedes Teil hat einen Sprung, oder es fehlt was. Verstehst?“
„Also, was willst du jetzt schreiben?“, reißt ihn der Wirt aus seinen Gedanken. „Gib mir vorher noch ein Bier rüber und wirf nicht so viel Brot zu den beiden Möwen rüber, sonst kommen die nachher mit dem Arsch nicht mehr hoch.“

Das hat der Bertl gehört und sagt empört zu seiner Anna: „Der ist so blöd wie er dick ist. Aber schon ganz interessant, die Runde da auf dem Kahn."

Der Wirt, der schaut in die Sonne und sagt: „Kennst du die Geschichte von dem Gespenst, das drei- oder viermal im Monat in der Karolingischen Torhalle beim Kloster umgeht? Auf der Fraueninsel, das uralte Gebäude da? Immer um Mitternacht? Das wär doch was zum Schreiben, oder?"

„Erzähl!"

„Pass auf: Eigentlich ist es keine richtige Geistererscheinung. Man hört nur manchmal ein Stöhnen und Seufzen. Und zwischendurch einen Namen, ganz klar verständlich: Sepp. Aber langgezogen, etwa so: Seeeep...! Seeeep...! Also, bei mir in der Kneipe, da war mal einer, der hat im Kloster was repariert, und da hat ihm jemand diese Geschichte erzählt:

Vor ungefähr hundertfünfzig Jahren, da war in der Klosterschule ein junges Mädel aus dem Salzburgischen, aus einer reichen Kaufmannsfamilie, die einzige Tochter. Die haben die Eltern ins Kloster auf der Fraueninsel gesteckt, weil sie so wunderhübsch war. Damit sie erstens weg von der Straße ist, verstehst, und zweitens, damit sie bei den Schwestern was lernt. War ja damals schon berühmt, die Klosterschule hier auf der Insel.

Das Mädel war eine Musterschülerin, von Anfang an. Trotz ihrer siebzehn Jahre, die sie erst alt war, war sie nicht nur gelehrig, sondern auch sehr religiös. So religiös, dass es nach kurzer Zeit im Kloster schon beschlos-

sene Sache war: Hier bleibt sie, sie wird Schwester. Sie wollte genauso werden und sein wie ihre Vorbilder, die Schwestern um sie rum. Jeder hat sie gemocht, sie war ja auch ein echter Sonnenschein. Und so ist es gekommen, dass sie öfters auf die Krautinsel rübergerudert wurde, von einer Schwester. Auf der Insel hat die Kleine sich dann ums Gemüse gekümmert, um die Kartoffeln und den Salat und die Kräuter und so weiter. Was die eben alles so angebaut haben, die Nonnen.
Damals war das ein Teil der Ausbildung im Kloster. Die Kleine aus Salzburg, die hat das aber auch so gerne gemacht, dass die Schwestern ihr dann irgendwann die ganze Inselarbeit überlassen haben.
Jetzt, an einem Tag im Juni, da ist plötzlich ein Gewitter aufgezogen, mit Regen, Sturm, Blitzen, dann kam zu allem Überfluss noch Hagel dazu.
Es konnte also kein Kahn vom Kloster rüberkommen und die Kleine holen. War aber kein Problem, weil auf der Nordostseite, wo wir jetzt sind, eine Hütte stand – und heute noch steht. In der Hütte hat das Mädchen also Zuflucht gesucht.
War auch gut so, denn die Hagelkörner sind immer größer geworden, und der Himmel immer dunkler.
Da rennt sie also in die Hütte rein, und, was soll ich sagen, da ist schon einer dringewesen, der es auch nicht mehr nach Hause geschafft hatte bei dem Wetter: der Inselfischer Altinger, der Sepp. Ein kräftiges Mannsbild muss er gewesen sein, ungefähr achtundzwanzig, dreißig Jahre. Groß, kräftig, mit einem zünftigen Schnauzbart und pechschwarzen Augen und Haaren.

Und einem Mund, der scheinbar immer gelacht hat. Selbst bei so einem Sauwetter.
Natürlich war der Altinger verheiratet. Mit seiner jungen Frau und seinem kleinen Sohn hat er auf der Fraueninsel gewohnt, ungefähr da, wo jetzt der Nordsteg ist. Da haben sie ein kleines Holzhaus am Wasser gehabt, die Altingers.
Das hatte unsere kleine Salzburgerin aber natürlich nicht wissen können, denn aus ihren Klostermauern, da ist sie ja nur rausgekommen, um auf die Krautinsel überzusetzen, und dann am Abend ging‘s wieder ab zurück ins Kloster. Also hatte sie praktisch keinen Kontakt zu Außenstehenden.
Der Altinger Sepp, der war mit seinem Fischerboot auf dem Heimweg, als ihn der Hagel auf dem See überrascht hat. So ist er zur Krautinsel gerudert und zu dem Schuppen gelaufen, der ja nie verschlossen war. Warum auch?
Und da waren sie, er und das Mädchen für, na ja, fünf oder sechs Stunden ganz alleine mit dem Unwetter, das auch immer heftiger geworden ist.
Und der Altinger Sepp, das muss ein richtiger Schürzenjäger gewesen sein. Vor dem war seinerzeit nichts sicher, was nicht bei drei auf den Bäumen verschwunden ist. Was soll ich sagen: Der Saukerl hat das arme Mädel rumgekriegt. Und wie das Unwetter dann weg war, da war der Altinger auch weg.
Die arme Kleine, die war rettungslos verliebt, und immer, wenn sie auf der Insel war und den Sepp sehen wollte, dann hat sie ein Feuer gemacht. Wenn der Sepp

in der Nähe war und den Rauch gesehen hat, dann ist er auf die Insel gekommen. Und später, im Herbst und im Winter, da haben sie sich heimlich nachts in der Torhalle auf der Fraueninsel getroffen. Das war für die Kleine gefährlich und für den Altinger auch.
So ist das eine Zeitlang gutgegangen, aber dann ist die kleine Salzburgerin schwanger geworden. Das kam jetzt natürlich nicht so gut, sowas in einem Kloster. Die Schwestern, die waren logischerweise gar nicht gut drauf und haben die Eltern des Mädchens benachrichtigt. Die wiederum haben sich postwendend von ihrer Tochter losgesagt, und jetzt hatten die Klosterschwestern auf der Insel erst recht schlechte Karten.
Der Altinger Sepp, der hat von der ganzen Sache Wind bekommen und sich abgesetzt, ins Kufsteinische, bis ein bisschen Gras über die Angelegenheit gewachsen war. So hatte er sich das jedenfalls gedacht.
Die kleine Salzburgerin, die hat mittlerweile erfahren, dass der Altinger Sepp verheiratet ist und ein Kind hat. Und kapiert, dass er nicht im Traum daran dachte, sie zu heiraten, wie er ihr auf der Krautinsel und unter dem Torbogen auf der Fraueninsel hundertmal versprochen hatte.
Also, was macht sie? Sie schreibt einen Brief, wartet bis zum nächsten Vollmond und stürzt sich gegen Mitternacht vom Turm der Münsterkirche.
Den Brief, den haben die Schwestern gefunden, und der liegt irgendwo im Klosterarchiv, glaube ich. Und das Mädchen, tja, die spukt seit dem nächtens im Torbogen, und man hört das Jammern und wie sie den

Sepp ruft. Was sagst zu der Geschichte?"
„Die schreib ich auf, so was kann ich brauchen. Geht nicht mehr weiter, die Story, oder?"
Der Wirt schüttelt den Kopf und holt sich ein frisches Bier aus der Kühlbox.
Jetzt sagt aber der Dritte, der auch ganz gespannt zugehört hat: „Doch, die Geschichte, die kenn ich auch, die geht weiter. Noch ein ganzes Stück. Willst du es hören, das tragische Ende?"
Der Schriftsteller nickt und rückt näher, und der steife Bertl und die Anna rücken auch näher, denn so was kriegt man nicht jeden Tag präsentiert.
„Also", und wie er das so sagt, da lenkt ihn irgendwas ab: „Schau, da draußen, da kommt ein Polizeiboot auf uns zu!"
Jetzt wird man ja immer ein bisserl nervös, wenn die Polizei auftaucht. Auch wenn man mal ausnahmsweise nichts getrunken hat und auch sonst nichts anliegt. Trotzdem. Der Schriftsteller nimmt das „Steiner"-Fernglas und setzt es an die Augen: „Den Skipper kenn ich. Das ist der Ringo. Der macht ab und zu Musik in meiner Stammkneipe in Atzdorf drüben. Jeden zweiten Mittwoch."
Er winkt zum Polizeiboot rüber, und der Polizist am Steuer, der winkt zurück.
„Zeig her!" Der Wirt aus Bernau nimmt das Fernglas: „Drei Mann an Bord. Seh ich ganz deutlich. Ich kann sogar sehn, dass einer von denen einen Stern auf den Schulterklappen hat. Der andere, der hat zwei Sterne. Und der, den du kennst, dieser Ringo, der hat drei

Sterne. Weißt du, was das bedeutet?"
„Klar", sagt der Schreiberling, „ein Stern heißt: kann lesen. Zwei Sterne: kann lesen oder schreiben. Drei Sterne, die der Ringo hat, und der ist ja Chef auf dem Kahn, bedeutet: kennt jemanden, der lesen und schreiben kann."
Der Dritte, der Segler, der ist jetzt schon ein bisschen angesäuert, dass man ihn wegen so was so lange unterbrochen hat, redet aber jetzt weiter: „Super. Wollt ihr jetzt zuhören oder nicht? Also, die kleine hübsche Salzburgerin, die ist mausetot. Klar? Und spukt so vor sich hin. Irgendwann reicht ihr das aber nicht mehr, weil, sie will sich ja auch an dem Altinger Sepp rächen. Und der, der ist wieder zurück aus dem Kufsteinischen und fischt wieder im Chiemsee, klar?"
Jetzt macht er eine Pause und nimmt einen tiefen Schluck von seinem Bier. Der Wirt, der Schreibblockierte und die beiden Möwen hängen gespannt an seinen Lippen.
„Das ist jetzt wieder so einer, den könnt ich in den Hintern treten", sagt der Bertl zu seiner Anna, die hingebungsvoll an einer Flügelfeder zupft: „Jetzt sei stad, sonst verpassen wir noch das Beste", zischelt sie.
„Ja, wo war ich denn? Ach so, ja", sagt der Dritte: „Also, der hübschen, aber mittlerweile ziemlich toten Klosterschülerin, der ist die Spukerei im Torbogen nicht mehr genug gewesen, die wollte sich jetzt auch den Altinger spirituell zu Gemüte führen. Dazu lässt sie ihn erst mal den Abschiedsbrief finden.
Und das war so: Der Altinger Sepp, der liegt eines

Nachts in seinem Bett. Es ist kurz nach Mitternacht. Neben ihm liegt seine Ehefrau und schläft. Tief und fest. Draußen, im Wohnzimmer, da liegt ihr Kindlein in der Wiege und grummelt vor sich hin. Es stürmt und regnet. Der Wind heult um das kleine Holzhaus. Eine ungemütliche Nacht.
Der Altinger wird wach, weil ein Fensterladen draußen an die Holzwand schlägt. Tock, tock, tock, immer wieder. Der Sepp steht leise und vorsichtig auf. Im Halbdunkel stapft er aus dem Schlafzimmer, am Kind vorbei zur Haustür. Durch das Fenster sieht er am Himmel Wolkenbänke vorbeirasen. Der Mond kommt durch und ist wieder weg. Der Fensterladen schlägt weiter seinen konstanten Takt an die Holzwand. Der Regen, der singt sein monotones Lied dazu. Eine Geisternacht. Kurz vor der Haustür, da sieht der Sepp was auf dem Boden liegen. Im fahlen Mondlicht schaut das aus wie ein Stück Papier, ein Brief. Er hebt den Papierbogen auf. Über dem Kachelofen, da glimmt noch ein Kerzenstummel in der kleinen Laterne. Die nimmt er jetzt und hält das Flackerlicht vor den Brief: Lieber Sepp, steht da, in zittriger und leicht verwischter Schrift, so dass der Altinger echt Probleme hat, das Geschriebene zu entziffern:
„Lieber Sepp,
ich hab Dich geliebt, so wie ich noch nie etwas oder jemanden geliebt habe.
Und ich hab geglaubt, Du meinst es ernst mit mir, genauso wie Du es eben immer zu mir gesagt hast.
Ich hätt alles für Dich gemacht und alles für Dich gege-

ben, das weißt du. Ein Kindchen, das hätten wir haben können. Du und ich. Mit Dir bin ich immer im Paradies, hast Du zu mir gesagt, weißt Du noch?
Jetzt gehe ich ins Paradies, Sepp, vielleicht können wir da so leben, wie es uns hier nicht vergönnt war.
Aber ich warte auf Dich. Im Torbogen und auf der Krautinsel. Lass mich und unser Kind nicht zu lange warten, Sepp.
Wir sind da. Komm Du auch.
Auf bald Sepp, leb wohl."
Das hat er gelesen, der Altinger Sepp. In dieser Sturmnacht, in der so ein Unwetter getobt hat wie an dem Nachmittag, an dem er die wunderhübsche kleine Salzburgerin das erste Mal auf der Krautinsel im Schuppen gesehen hat.
Und dann hat's ihn rausgetrieben, in die Raunacht. Er hat noch einmal nach seinem Kind geschaut, hat noch einen Blick auf die Schlafzimmertür geworfen, und dann ist er rausgegangen.
Vor dem Haus, unter dem überdachten Eingang, da waren seine Fischerhosen an der Wand gehangen und der schwere, ölgetränkte Regenmantel. Die Stiefel und der Fischerhut sind auf der alten Bank gelegen.
Wie schwer es war, das Boot bei dem Sturm und dem Regen raus auf den See zu bringen, und das mitten in der Nacht, das kann man sich gar nicht vorstellen.
Aber der Sepp, der hat sich in die Ruder gestemmt wie von Sinnen. Hat gegen den Wind gekämpft und gewusst, er muss zur Krautinsel. Er muss das jetzt hier und heute Nacht zu Ende bringen. So ist er rübergeru-

dert, die Gischt im Gesicht, und der Wind hat in den Augen gebrannt, und der Mond, der ab und zu aus den Wolken rausgekommen ist, der hat ihm den Weg gezeigt.

Endlich, nach einer gefühlten Ewigkeit, da ist der Altinger irgendwie um die halbe Fraueninsel rum zur Krautinsel gekommen. Vorn an die Nordostseite. Und kurz bevor er an den seichten Strand gekommen ist, da ist ihm doch glatt das Fischernetz über Bord gegangen. Wie das jetzt genau passiert ist, kann man nicht begreifen. Auf jeden Fall: Der Altinger Sepp, der rudert wieder ein paar Meter raus, Richtung See, steht in dem gefährlich schwankenden Boot auf und greift nach dem Netz, das langsam, aber immer weiter über Bord geht. Greift und zieht, im Dunklen, im Sturmregen. Sieht nichts, weil ihm der heftige Regen ins Gesicht schlägt. Verliert das Gleichgewicht im krängenden Boot und kippt über die Steuerbordreling in den aufgewühlten Chiemsee.

Und das schwere Netz, das umfängt den Altinger und zieht ihn raus auf den See und unter Wasser, immer tiefer unter Wasser.

Er schlägt um sich, der Sepp, und verheddert sich immer enger im Netz. In so einer finsteren Sturmnacht, da sieht man irgendwann sowieso nicht mehr, wo oben und unten, wo hinten und vorn ist.

Und so sinkt der Altinger Sepp immer tiefer in den See, verschlungen in seinem Netz. Immer tiefer und dunkler wird es. Und ruhiger. Den Regen, den Sturmwind, den Donner, von all dem hört man nichts mehr dort unten.

Aus der Tiefe aber, da kommt leise eine Stimme. Nein, keine Stimme, aber irgendwas hört er. Und es ruft ihn: Sepp, bist endlich da? Komm Sepp, komm runter, hier bin ich, Sepp!

Vom Grund des Chiemsees kommt langsam eine Gestalt auf ihn zu. Weißgekleidet, schwebend, um ihren Kopf glänzt es wie von tausend Diamanten. Das weiße, weite Kleid, das wallt im Wasser und leuchtet im Dunkel.

Die Lichtgestalt kommt näher, sie nimmt den Altinger in den Arm, und er findet es plötzlich wunderschön hier unten.

„Sepp, mein Sepp, ich hab so lange auf dich gewartet. Aber jetzt sind wir zusammen. Komm mit mir, ich zeig dir was!"

Damit nimmt sie ihn in den Arm, und zusammen schweben sie in die schwarze Tiefe.

Der Dritte, also, der Segler, der nimmt einen letzten Schluck aus seiner Bierflasche und sagt: „Drei Tage später haben sie ihn gefunden, den Altinger Sepp. Eingewickelt in sein Fischernetz ist er an der Krautinsel angetrieben worden. Der Fischer, der ihn gefunden hat, der hat zu seinem Spezl gesagt: Jetzt schaut er genauso aus wie einer von seinen blöden Fischen. Weil ich grad von „blöd" rede: Besonders intelligent gucken die Möwen da drüben auch nicht gerade aus der Wäsche, findet ihr nicht?"

„Du hast recht, Bertl", sagt die scharfe Anna zu ihrem Möwenkönig, „den Schlaumeier da drüben, den könnte man wirklich in den Hintern treten."

Die magische Möwenfeder

Schon wieder ein Sommergewitter über der Fraueninsel. Zwei, drei Blitze jagen über den Himmel, gleißend hell und angsteinflößend wie eine Samstagnacht in der Hölle.

Und jetzt die Sekunden zählen bis zum Donner: eins… zwei…und...rummmms!

Die Anna und der steife Bertl sitzen eng aneinandergedrückt unter dem ausladenden Holzdach vom Inselwirt. Auf dem Balkongeländer, ganz in der Ecke hinter den blau-roten Geranien, da kauern sie.

Hauptsächlich, weil die Anna trotz ihrer vorlauten Möwenklappe doch immer noch eine Riesenangst vor Sommergewittern hat.

Regen setzt ein. Erst fallen langsam behäbige, dicke Tropfen, noch warm von der langen Reise in den Wolkenbergen. Dann, kurz darauf, öffnen sich die Himmelsschleusen. Es prasselt nieder auf den Klostergarten, auf die niedrigen alten Holzhäuser und den stolzen Kirchturm.

Äste und Büsche biegen sich unter der Last der Wassermassen.

Einheimische und Inselbesucher rennen über die Wege, mit Schirmen, mit Kapuzen oder Plastiktüten auf dem Kopf.

Der Sturmwind treibt einen entflogenen Regenschirm über den Kiesweg. Hunde und Katzen sind plötzlich keine Feinde mehr, sondern vereint im Kampf gegen die jähzornige Natur und auf der Suche nach einem

trockenen Plätzchen.
Der Bertl, der mag diese Unwetter. So viele hat er schon erlebt und überlebt, dass er sie begrüßt wie alte Freunde, die man zwar nicht unbedingt jeden Tag sehen muss, aber doch vermisst, wenn sie mal länger ausbleiben.
„Ich tät jetzt am liebsten durch den Sturm fliegen, so wie der Jonathan in dem Möwenfilm“, sagt er zu seiner Anna.
„Ja klar, du warst ja früher auch mal ein Kiemenatmer. Außerdem sind es in Filmen lauter Stunt-Möwen, die da rumschwirren und keine so alten Luftfahrthindernisse wir du“, sagt sie, allerdings mit einem Lachen um den Schnabel: „Komm, erzähl mir lieber was, damit die Zeit vergeht!“
Sie mag seine Geschichten, die Anna. Herrliche Sachen kann er erzählen, wenn er will. Zum Lachen, aber manchmal weint sie auch ein bisschen, wenn‘s besonders traurig wird. Das macht er absichtlich, der alte Federzausel, denkt sie. Weil er weiß, dass ich im Grunde ein hoffnungslos romantischer Vogelbalg bin.

Der Bertl überlegt kurz und sagt: „Da hat‘s doch mal die drei Weiniger-Brüder gegeben. Fischer waren die, und gelebt haben sie mit ihrer alten Mutter da hinten irgendwo, gleich unter dem Bolzplatz. In der Nähe vom Nordsteg, glaube ich. Ist ja auch schon lange her. Mir hat die Geschichte der Alfons erzählt, das war damals schon ein steinalter Kormoran, also, dem sind die Fische aus lauter Mitleid von selber in den Rachen

gesprungen, so alt war der seinerzeit schon. Aber der Alfons, der hat die Geschichte selber erlebt. Schwört er bei der Ehre seiner Schwanzfedern, hat er damals zu mir gesagt. Willst du sie hören?"
Die Anna drückt sich dicht an ihn und sagt: „Mein Gott, jetzt erzähl schon!"
Bertl schaut noch einmal kurz in den immer dichter werdenden Regenvorhang und räuspert sich:

„Die Weiniger-Brüder, das waren Berufsfischer, damals in den Sechzigern. Kräftige, große Burschen. Altersmäßig jeweils ein Jahr auseinander.
Der Wasti mit seinen neunundzwanzig Jahren, der war der Jüngste. Und der Heißblütigste von den Dreien. Der war immer als Erster auf dem Boot und am Netz, der ist bei jedem Wetter rausgefahren und der ist auch keinem Streit aus dem Weg gegangen. Und bei den Mädels rund um den See, da hat er auch einen Schlag gehabt.
Mit einem Mädel, da hat das Unheil angefangen und seinen Lauf genommen.
Da war ein Zeltfest, unten am Hauptsteg. Im Bierzelt hat eine Blaskapelle aufgespielt, und auf dem Tanzboden, da ist es hoch hergegangen. Fesche Maderl von den Inseln und vom Festland waren da. Viele von den Burschen waren in ihren besten Lederhosen, überhaupt war viel Tracht zu sehen. Über dem See ist die Sonne langsam untergegangen, und es war eine wunderschöne Stimmung.
Später, so um elf Uhr abends, war von den drei Weini-

ger-Brüdern nur noch der Wasti da.
Getanzt hat er mit einer, die in einer Pension auf der Insel gearbeitet hat. Und weil sie so fesch war, haben sich auch die anderen Burschen um sie gerissen. Der Angerer Toni, ein Freund vom Wasti, der hat dann auch so lang keine Ruhe gegeben, bis sie ein paarmal mit ihm getanzt hat. Getrunken hat er an dem Abend auch schon mehr als genug gehabt, der Angerer Toni, aber das hatte der Wasti ja auch.
Auf jeden Fall, der Toni und der Wasti, die sind sich hinter dem Zelt in die Haare geraten. Sprüche und Drohungen sind hin und her geflogen, es ist geschubst und gestoßen worden, und dann hat der Wasti zugeschlagen. Einmal, zweimal, und der Toni ist hingefallen und hat sich nicht mehr gerührt. Lass ihn hier seinen Rausch ausschlafen, hat sich der Wasti gedacht und ist wieder ins Zelt reingegangen. Sein Mädel war nirgends mehr zu sehen, und die Musikanten haben grad die letzte Tanzrunde für diesen Abend angesagt.
Also geh ich heim, denkt sich der Wasti und wankt auf seinen wackligen Beinen nach Hause.
In seinem kleinen Zimmer hat er sich mitsamt seiner Lederhose aufs Bett geworfen und ist sofort eingeschlafen.
Ein paar Stunden später rüttelt ihn wer an der Schulter. Es war der Peter, der Älteste der Weinigers: „Steh auf, pack dein Zeug und hau ab! Die Polizei war hier. Die suchen dich. Der Angerer Toni ist tot, und du sollst ihn erschlagen haben."
„Was, wie, ich? Wo?"

„Hinter dem Bierzelt, mit einem Maßkrug. Los jetzt, steh auf! Hier hast ein bisserl Geld und deinen Ausweis, steck ein! Ich ruder dich nach Gstadt rüber, und der Franz, der fährt dich nach München. Mach schon! Die von der Polizei können jeden Moment wieder hier sein. Los jetzt, ich pack dir noch schnell was zusammen!"

Tja, und so ist das dann abgelaufen: Der Peter hat den Wasti aufs Festland nach Gstadt rübergerudert. Der Mittlere, der Franz, der hat ihn dann nach München zum Hauptbahnhof gefahren. Ein Blick auf die Anzeigetafel mit den Abfahrten der nächsten paar Minuten – und bevor sich der Wasti groß versehen hat, da war er in einem Schnellzug nach Osnabrück.

Im Zug hat er den Seesack, den ihm sein Bruder in aller Eile gepackt hatte, durchgesehen: eine lange Hose, ein Hemd und ein Pullover. Seine alte Jacke und etwas Unterwäsche. Das war's.

Es war eine lange Zugfahrt, und während der nächtlichen Halte in den Bahnhöfen, da hat er nach Polizei auf den Bahnsteigen Ausschau gehalten.

In Osnabrück war der Zug dann um 9 Uhr früh.

Weil aber Osnabrück, und das besonders am Morgen, für einen Bayern ziemlich unheimlich aussieht, ist der Wasti nach einem kurzen Rundblick über den Bahnhofsplatz wieder rein in die Halle und hat sich eine Fahrkarte nach Bremerhaven gekauft.

Erstaunlicherweise zieht's die Bayern gern zum Meer. So war es nicht weiter verwunderlich, dass der Wasti am Spätnachmittag in einer Seemannskneipe im alten

Hafen, in der Nähe vom Columbus-Center gesessen hat.

Nach dem dritten Bier hat er am Tresen nach einem Telefon gefragt, und wortlos hat man ihm eins rübergeschoben. Der Barkellner hat auf das Zählwerk gezeigt, das auf null war und zum Wasti gesagt: „Na dann man tou." Oder so was ähnliches.

Jetzt hat der Wasti natürlich nicht bei seinen Brüdern zuhause angerufen, sondern bei seiner Nachbarin. Die hat ihn immer sehr gerne gemocht, schon als Kind. Auf jeden Fall, die Nachbarin hat „Jessas, Maria und Josef!" gesagt und „Bua, warum hast dich so versündigt? Ruf in fünf Minuten wieder an, ich lauf schnell ins Haus rüber."

Nach den fünf Minuten, da war der Franz am Telefon und hat gesagt: „Depp, depperter. Musst ihm unbedingt den Maßkrug übern Schädel hauen? Langt's ned, wennst ihm ein paar schmierst? Jetzt ist der Toni mausetot und du, du bist ein gesuchter Mörder. Hast mi?"

„Ich hab doch gar keinen Maßkrug gehabt, glaub ich. Ich hab ihm eine oder zwei reingehaun, dann ist er umgefallen und hat gepennt. Und ich bin heimgegangen. So war's. Ehrlich, Franz."

„Naa, so war's nicht, sagt die Polizei. Der Angerer ist mit einem Maßkrug derschlag'n worden, der hat ja noch neben ihm gelegen. Und jetzt suchen s' dich als Mörder. Unsere Mutter hat einen Herzinfarkt oder so was gekriegt und liegt in Prien in der Klinik. Und wir, wir werden als Mörderbrut angeredet. Der Wirt vom Dings drüben, der war grad da und hat gesagt, kei-

ner von uns braucht sich in irgendeiner Wirtschaft auf den Inseln mehr blicken lassen. Und unsere Fische, die kaufen s‘ auch nicht mehr. Keiner von denen. Was machen wir jetzt? Du, auf jeden Fall, du hau ab und lass dich hier so schnell nicht wieder blicken! Wenn du anrufen willst, dann hier bei der Nachbarin, die sagt‘s uns dann schon. Pass auf dich auf. Bist immer noch unser Bruder, egal, was du gemacht hast.“
Damit hat er aufgelegt, der Franz.
Die Welt vom Wasti oder besser gesagt: das, was davon übrig war, die war zusammengebrochen.
In dieser Nacht hat er sich ein billiges Zimmer gesucht und nach einigem Fragen und Rumlaufen auch was gefunden. Im Seemannsheim, in der Schifferstraße.
Da gibt's im Frühstücksraum eine Pinnwand, die ist dem Wasti aufgefallen. Kleine, große, farbige und weiße Zettel in allen Größen waren da angepinnt.
„Deckmatrose auf MS Alter Prinz, Asienroute, sofort gesucht“, stand da. Oder „MS Bolivar sucht zweiten Maschinisten, Südamerika, beim Heimleiter melden“.
Das hat der Wasti dann auch gemacht. Hat sich den Heimleiter gesucht und ihm erzählt, dass er zuhause wegen einem Mädel Probleme hat. Und deswegen weg will. Dass er was von Maschinen und Schiffen versteht, und dass er richtig zupacken kann.
Der Heimleiter, der hat ausgesehen wie einer, der in seinem Leben auch schon so manches Problem umschifft hat. Um die Sechzig, Fünfundsechzig war der, mit tätowierten, immer noch sehr starken Oberarmen. Mit breiten Schultern, die Nase schief im Gesicht. Die

war gebrochen, und das nicht nur einmal. Der eine oder andere Zahn, der hat ihm auch gefehlt. Aber so, wie der Typ gebaut war, da hat man den besser nicht drauf angesprochen.

„Jetzt mal Butter bei die Fische, mein Jung: Was haste ausgefressen? Schau mir in die Augen und sag‘s mir. Alles."

„Hab Krach gekriegt, wegen einem Mädel. Bei uns in Bayern, auf der Fraueninsel. Kennst die?"

„Nein. Und dann?"

„Dann", sagt der Wasti, „dann bin ich mit einem Kerl, der eigentlich mein Freund war, hinters Zelt, um die Sache zu klären. Hab zweimal zugeschlagen, und dann hat er dagelegen. Da hat der aber noch gelebt, wie er da so gelegen hat, da bin ich mir sicher. Ich bin nach Hause, und kurz drauf war die Polizei da. Die hat behauptet, ich hätt den mit einem Maßkrug erschlagen. Ich hab aber gar keinen Maßkrug mit nach draußen genommen. Und ich hab ihn auch nicht erschlagen, den Kerl. So, und jetzt kannst du die Polizei rufen, wenn du willst."

„Will ich nicht. So Scheiß ist mir auch zur Genüge passiert, kannste mir glauben. Und jetzt, jetzt willst du erst mal weit weg, oder?"

„Ja."

„Was kannst du?"

„Ich kenn mich mit Schiffen aus. Kleineren Schiffen, okay, aber ich kann mit Maschinen umgehen, ich kann so einiges, was man auf einem Schiff brauchen kann, weil ich Fischer bin."

„Tja", sagt der Heimleiter, „ich ruf jetzt mal einen an, der braucht eine Kraft auf seinem Frachter. Legt morgen früh ab, schippert über den Ozean nach Aruba, dann durch den Panamakanal nach Chile runter. Hat Fracht nach Valparaiso. Schöner Hafen. Tolle Stadt. Interesse?"

„Ja."

„Dann nimm dir mal ein Bier aus dem Kühlschrank. Ich telefonier nur mal schnell, bin gleich wieder da."

Der Wasti war bei seinem zweiten „Becks", da kommt der Heimleiter zurück: „Okay. Geht klar. Pack dein Zeug und fahr zu diesem Anleger hier, P 14, im Containerterminal 5. Da liegt die MS Usan. Frag nach Käpt'n Roulus und sag ihm, jetzt sind wir quitt. Mehr musst du nicht sagen, okay?"

Wasti steht da, mit dem Zettel in der Hand und sagt zu dem Hünen: „Danke, warum machst du das?"

„Ach, mein Jung, wenn ich in meinem Leben öfters mal nachgedacht hätte und nicht immer gleich zugeschlagen, dann wär ich heut auch woanders. Hau jetzt ab und mach's besser als ich. Tschüss."

Damit hat er sich umgedreht und ist raus aus dem Aufenthaltsraum. Der Wasti steigt die Treppen zu seinem Zimmer hoch, packt seinen Seesack und sitzt ein paar Minuten später in einem Taxi.

Die MS Usan, die hat auch mal bessere Tage gesehen: ein schon ziemlich rostiger Containertransporter der ersten Generation, etwa 180 Meter lang, 25 Meter breit, mit 9 Metern Tiefgang. Das mit der Schiffsbreite war enorm wichtig, wie der Wasti später erfahren hat,

weil Schiffe, die breiter als 32 Meter sind, nicht mehr durch den Panamakanal fahren können.
Auf jeden Fall, der Käpt'n Roulus, der hat Wastis Ausweis gar nicht groß angesehen, sondern nur schief gegrinst und das Papier eingesteckt.
„So, so, jetzt sind wir quitt, hat der alte Scheißkerl gesagt. Hat er das tatsächlich gesagt? Egal. Du bist jetzt Deckhand, hilfst im Maschinenraum und in der Küche. Kannst du kochen?"
„Ja, mit Fisch bin ich ziemlich gut, und den Rest krieg ich auch hin", sagt der Wasti.
„Super", sagt der Käpt'n, „Wir haben einen Molukken in der Kombüse. Was der manchmal auf den Tisch bringt, das ist unbeschreiblich. Der Schwarze da hinten, der zeigt dir deinen Schlafplatz. Du kriegst 500 Dollar im Monat und alles frei hier an Bord. Okay?"
„Okay", sagt der Wasti, und dann ist auch schon ein rabenschwarzer grinsender Kerl da. Im ölverschmierten, ehemals gelben Overall grinst er den Wasti an und deutet mit dem Daumen über seine Schulter: „Come on, you'll love it."
Geliebt hat er es nicht, der Wasti, weil seine Koje in der Vidererkabine schon ein ziemlicher Hasenstall war. Zwei Ukrainer und ein Malaie, das waren seine Kabinengenossen. Aber geschlafen haben immer nur zwei, die anderen beiden waren auf Schicht. Zwölf Stunden arbeiten, zwölf Stunden frei. So war das, an Bord der MS Usan.
Erst sind sie durch den Ärmelkanal gefahren, das war schon eine ziemliche Schaukelei. Aber dann waren sie

draußen auf dem unendlichen Ozean, Kurs Südost, und dann ging's eigentlich so einigermaßen mit der Schaukelei.

Mit seinen Kabinengenossen hat der Wasti wenig Stress gehabt. Na ja, fast keinen. Die beiden Ukrainer, die waren in ihrer Freischicht ununterbrochen am Kartenspielen.
Nur der Malaie, der war da schon ein anderer Fall. Hat dauernd auf seiner Koje gesessen und revolutionäre Lieder gesungen. In einem Molukken-Dialekt, den außer ihm sowieso keiner verstanden hat. Der Wasti hat ihm nach zwei durchsungenen Nächten erklärt, dass er ihn morgen totschlägt, wenn er dann immer noch singt.
„Weil", hat er zu dem Asiaten gesagt, „wenn ich dich erschlag, da krieg ich höchstens drei Jahre Erdbeertorte auf Bewährung, understand?"
Das hat dem Malaien imponiert. Auch, weil er wissen wollte, was das wohl für ein Land ist, in dem man zu drei Jahren Torte auf Bewährung verurteilt wird, wenn man jemanden auf die letzte Reise schickt. Er hat auch nie mehr gesungen, seit dieser Nacht.
Nach sechs Tagen auf See war der erste Hafen, den die MS Usan angelaufen hat St. Georges auf Grenada.
Muscat-Island, die Muskatinsel, so wird Grenada genannt. Und das stimmt. Die Insel taucht im Morgengrauen aus der See auf, von Wolken umgeben, schwül dampfend, und das schon um 6 in der Früh.
Dann der bleischwere Duft nach Muskatnuss, den

man auf See schon einatmet, bevor das Schiff in dem pittoresken Hafen St. Georges einläuft.

Eine Nacht frei. Für Wasti und den Molukken. Sie gehen mit schwankendem Gang an Land. Wenn man für einige Tage auf See war, schwankt einem der Boden, auch auf dem Festland. Denkt man. Natürlich schwankt er nicht, man empfindet es nur.
Der Molukke, Jean hat er geheißen, der war schon ein paarmal hier und kannte die angesagten Kneipen.
Gleich wenn man aus dem Hafen rausgeht, nach links, ungefähr einen Kilometer und dann rechts den Hügel hoch, da ist das „Nutmeg“: eine Kneipe ohne Wände, ohne Fenster, nur ein paar Holzbalken mit einem Dach drüber. Aber mit einem unglaublichen Blick über das Städtchen St. Georges, über die Muskatwälder und den Hafen.
In der Dämmerung konnte man die MS Usan sehen und noch zwei alte russische Frachter. Daneben ein hell erleuchtetes Containerschiff unter chinesischer Flagge.
In der wandlosen Kneipe, da hatten sie den Nutmeg-Special. Das ist ein Drink, wenn man davon vier schafft, ist der fünfte umsonst.
Der Wasti, der hat drei geschafft, dazu noch einen Lobster vom Holzkohlegrill. Alles zusammen für fünf Dollar.
Dann musste der Jean ihn zum Schiff schleppen, und seitdem waren die beiden dicke Kumpels. Okay, da gab‘s unten im Hafen in einem der halb verfallenen Lagerhäuser eine obskure Billardkneipe, da waren sie

wohl noch. So genau konnte der Wasti sich am nächsten Tag nicht mehr erinnern. Nur daran, dass sie mit ein paar chinesischen Matrosen eine Partie Billard spielen wollten, und dann gab's irgendwie Krach. Der Jean, der hat zu den Chinesen gesagt: Der hier, und dabei auf den Wasti gezeigt, das ist der Strawberrykiller aus Germany. Und dann haben die Chinesen wohl Leine gezogen.
Von Grenada ging's weiter nach Port of Spain, Trinidad. Auch schön, aber der Wasti, der wollte telefonieren, und das ging irgendwie nicht. Stundenlang hat er in einem Telefonoffice im Hafen rumgesessen und auf die Nummernkarte gestarrt, die man ihm in die Hand gedrückt hat.
Von draußen war eine Steelband zu hören, und ein einarmiger alter Schwarzer mit einem Bauchladen, der hat lauwarmes Aquila-Dosenbier angeboten.
Ein Taiwanese, der nach dem Wasti in das Telefonoffice gekommen ist, der wurde erstaunlicherweise sofort aufgerufen. Dann zwei Ölarbeiter aus Nigeria, dann ein Inder, der ebenfalls viel später reinkam und seine Nummernkarte eben erst bekommen hatte.
Irgendwann ist der Wasti aufgestanden und hat seine Karte, die 677, einem Argentinier in die Hand gedrückt, der grade durch die Tür kam.
Beim Rausgehen, bevor die Holzschwingtür hinter ihm zufiel, da hat er den Ausrufer gehört: „Number 677, to the phonebox number two, please!"

Die anderen Häfen, Coro, Turbaco und Apartado, die

hat der Wasti nicht so recht mitbekommen, denn da war er zum Löschen und Laden eingeteilt. Egal.
Die Fahrt durch den Panamakanal, die war wieder so ein Schlüsselerlebnis.
Schwül, stickig, dampfend grün, aber unbeschreiblich schön.
Dutzende von Alligatoren waren im grüntrüben Wasser, von denen man nur die Augen gesehen hat. Große, gelblich flackernde Augen. Am Ufer waren Kinder, die barfuß und in Lumpen gekleidet am Kanalweg neben dem Schiff hergelaufen sind und gejubelt und geschrien haben.
In Puerto de Balboa, dem Kanalhafen von Panama-City, da hat die MS Usan zum Löschen an Pier 7 festgemacht, und der Wasti wollte eigentlich raus zum Telefonieren. Aber der Käpt'n, der hat gemeint, er sollte mal lieber an Bord bleiben. Weil in Panama-City, da gehen sogar die Straßenräuber nur zu zweit auf Tour, so gefährlich ist das dort.
Also hat der Wasti sich allein auf dem Hinterdeck wiedergefunden und festgestellt, dass sogar die Sterne über dem Chiemsee anders leuchten als diese hier.
Vier Tage später waren sie in Chile, in Valparaiso.
Vom Hafen ist der Wasti in die Innenstadt gegangen, dann über die Altamirano auf die Antonia Varas, und da hat er einen Bus genommen, irgendeinen. Chilenisch hat er ja nun so gut wie überhaupt nicht, genau genommen gar nicht gesprochen. Also hat er aus dem Busfenster gesehen, vor sich hin geträumt und ist bis Vina del Mar, der Endstation, im Bus geblieben.

Da hat ihn der Fahrer angeredet, erst auf Chilenisch, dann auf Englisch, und zum Schluss, man glaubt es nicht, da kamen ein paar Brocken Deutsch: „Iste Sluss hia. Geh raus aus Bus, yes?"
Wasti, aus seinen Tagträumen erwacht, sagt: „Telefon, ich Telefon, okay?"
„Du geh da, wenig Meter, ist deutsche Restaurante. Telefon, viele Telefon. Jetze du geh, okay?"
So ist der Wasti aus dem leeren Bus ausgestiegen und hat dem uralten MAN-Vehikel nachgesehen, wie es in der Endstationskehre mit Schwung wieder in Richtung Innenstadt verschwunden ist.
Nach ein paar Minuten auf der staubigen und vielbefahrenen Straße war da tatsächlich ein Schild zu sehen: „Paradiso del Schnitzel – Restaurant and German Bakery".
Drinnen, in dem Schnitzelparadies, da hat's ausgesehen, wie sich ein Japaner eine Wirtschaft in Heidelberg vorstellt: Plastik an den Wänden, in Form von Hirschköpfen und Wappen und Trachtenschrott. Plastik an den Tischen: die Tischtücher, das Besteck, die Trinkbecher, die Speisenkarte.
„German Veal-Schnitzel mit Bratpatatas" stand da drauf oder: „Wursto del Nurnbergo con Kraut".
Aber die Bedienung, die sprach ein wunderschönes, wenn auch fränkisches Deutsch. Überhaupt, eine nette Erscheinung: um die Fünfundzwanzig, brünett, blaue Augen und ein Dauerlächeln.
„Por favor, que queres?", hat sie zum Wasti gesagt. Und der: „So, wie Sie ausschauen, da verstehen Sie mich be-

stimmt. Ich bin der Wasti, und ich möchte bittschön ein Bier und ein Schnitzel und ein Telefon."
Da hat sie gelacht: „Grüß dich, Wasti, ich bin die Lena, und ein Bier kriegst du gleich, ein Schnitzel mit Bratkartoffeln auch und das Telefon, das ist da hinten. Wohin willst du denn anrufen?"
„Nach Deutschland, nach Bayern auf die Fraueninsel, das ist eine Insel im Chiemsee, kennst du die?"
„Nein", hat die Lena gesagt, „aber das wird nicht so ganz billig, glaub ich. Da musst du dein Mädel schon sehr gern mögen, wie?"
„Meine Mutter und meine Brüder will ich anrufen, kein Mädel. Wo kommst du denn her, so richtiges Bayrisch ist das nicht, was du da redest."
„Nein", sagt die Lena, „meine Eltern sind aus Nürnberg und vor zwanzig Jahren, da sind wir nach Paraguay ausgewandert, und mich, mich hat's vor zwei Jahren hierher verschlagen."
„Warum?"
„Wegen der Liebe. Na ja, die Liebe ist gegangen, aber ich bin immer noch hier. Und du?"
„ Ich bin Matrose", sagt der Wasti, und irgendwie kommen ihm seine eigenen Worte fremd vor: „Ich hab drei Tage frei und schau mich hier ein bisserl um. Und meine Mutter und meine Brüder hab ich schon ein paar Wochen lang nicht mehr gesprochen."
„Hier, schreib mir die Telefonnummer auf, das geht hier alles mit Voranmeldung übers Amt und dauert ein bisschen. Wenn die dann eine freie Überseeleitung haben, melden die sich."

Damit schwebt sie mit dem Zettel vom Wasti hinter die Theke und kommt gleich mit einem großen Bier wieder: „Schnitzel ist in Arbeit, kommt gleich."
So schlimm sieht es hier drin eigentlich gar nicht aus, denkt der Wasti. Die mögen halt das ganze Plastikzeug hier. Fünf Minuten später kommt der Rückruf vom Amt. Die Lena winkt, und der Wasti eilt hinter die Theke. In der Leitung: die Nachbarin auf der Fraueninsel. Schlecht zu verstehen, es rauscht und knarzt im Hörer, und der Ton hat ein seltsames, trauriges Echo: „Wasti, bist du das, Bub? Ich versteh dich ganz schlecht. Kannst du mich hören?"
„Kann ich", ruft, nein, schreit der Wasti ins Telefon, und einige der Trinker an der Theke schauen vorwurfsvoll zu ihm rüber.
„Kannst du mir die Mutter oder einen von meinen Brüdern holen, ich ruf dann in fünf Minuten oder so wieder an?"
„Nein", schreit die Nachbarin, „das geht nicht. Deine Mutter ist im Krankenhaus in Prien, der geht's sehr schlecht, die hat einen Herzinfarkt gehabt. Die Ärzte glauben nicht, dass sie durchkommt. Weil sie gar nicht bei Bewusstsein ist. Und deine Brüder, die sind weggezogen, letzte Woche. Nach Übersee, glaub ich. Hier hat ja keiner mehr mit ihnen gesprochen, und fischen konnten sie auch nicht mehr, weil keiner was von ihnen kaufen wollte. Und das Haus, das wird wohl verkauft, hat mir der Wirt erzählt. Die Polizei war oft hier und hat nach dir gefragt. Aber ich glaub nicht, dass du das gemacht hast, Wasti, ich kenn dich doch, Bub. Ich

muss immer weinen, wenn ich an dich denk. Wo bist du denn?“

Da hat er aufgelegt, der Wasti, ganz langsam und vorsichtig hat er den alten und verkratzten schwarzen Telefonhörer auf die Gabel gelegt.

„Na, hast du einen Geist gesehen, du bist ja blass wie die Wand?“, hat die Lena gesagt.

„Ich kann jetzt nichts essen, bitte bestell mein Schnitzel ab und bring mir noch ein großes Bier!“

Aus dem einen Bier sind dann acht oder neun geworden, und irgendwann war der Wasti im Lokal der Letzte und hat sich mit seinem Glas an die Theke gesetzt. Die Lena hat ihm zugehört. Hat sich die Geschichte von dem Abend im Bierzelt angehört, und die von der abenteuerlichen Reise um die halbe Welt. Hat mit ihm geweint, wie er so von den Nächten erzählt hat, in denen ihn das Heimweh fast umgebracht hat.

Und später, in ihrem kleinen Zimmer, da hat er ihr vom Chiemsee erzählt, von den Inseln. Wie es ist, nachts mit dem Fischerboot rauszufahren und die Netze auszuwerfen. In den schwarzglänzenden See, erhellt von einem Mond, wie er nur da im Chiemgau leuchten kann. Hat von seinen Brüdern erzählt, von der Mutter, von der Insel, von den Bergen ringsum.

Und die Lena, die hat zugehört. Zwei verlorene Seelen, zwei Schiffbrüchige, die der Sturm des Lebens auf eine kleine Insel getrieben hat.

In dieser Nacht, da hat der Wasti das erste Mal seit vielen Nächten ohne seine bösen Geister, ohne seine Dämonen geschlafen. Tief und fest, in ihren Armen.

In der zweiten Nacht, da hat ihm die Lena ihre Geschichte erzählt, die nicht minder traurig war, und am dritten Tag ist der Wasti zum Schiff zurück gefahren und hat seinen Lohn und seine Papiere geholt.

„Hoffentlich findest du das, was du suchst“, hat der Käpt‘n Roulos zum Wasti gesagt. Und: „Schade, ab jetzt gibt’s hier auf dem Pott wieder Essen, mit dem man sich unterhalten kann. Mach‘s gut, Jung. Hau jetzt ab!“

In Concon, das ist ein kleiner Küstenort, vielleicht 30 Kilometer über Vian del Mar, da haben sie sich dann ein kleines Häuschen gemietet, der Wasti und die Lena, an der Borgono, fast direkt am Meer. Nichts Komfortables, aber günstig.

Die Lena hat in einem deutschen Bäckerladen gearbeitet, und der Wasti hat an vier Tagen in der Woche ab morgens um sechs das Brot ausgefahren, mit einem uralten „Samson“-Motorroller mit einem abenteuerlich aufgeschweißten Aufbau hinten drauf.

Ja, und drei Monate später haben sie dann geheiratet, der Wasti und die Lena. Und weil das in Chile problemlos möglich ist, hat er den Namen seiner Frau angenommen: Fabing.

In seinem nagelneuen Ausweis hat natürlich Sebastian Fabing gestanden, nicht Wasti.

Eigentlich wär die Geschichte hier zu Ende, denn die Monate und Jahre, die sind vergangen wie im Flug, und die beiden, die waren glücklich und zufrieden.

Aber genau genommen fängt die Geschichte hier erst richtig an.

Denn eines Tages, im späten Frühjahr, da sagt die Lena zum Wasti: „Schau doch mal, ob du auf meinem Rücken was siehst! Da hat mich was gestochen. Erst hat's gejuckt, aber jetzt tut's richtig weh."
Auf dem Rücken von der Lena, da war ein dicker roter und geschwollener Fleck.
Eine Woche später kam Fieber dazu, hohes Fieber. Und zwei Nächte später, da war sie tot, die Lena.
Gestorben ist sie genauso leise und schüchtern wie sie gelebt hat, und ihre letzten Worte waren: „Ich bin bei dir, auch wenn ich jetzt weg muss. Geh wieder heim, versprichst du mir das? Ich helf dir…!"
Wie will sie mir denn helfen, hat der Wasti auf dem Friedhof gedacht, als er dem Pfarrer am offenen Grab gelauscht hat, den er von einer Lena erzählen hörte, die ihm unbekannt war. Und von einer Welt, in der die beiden nicht gelebt haben, von einem Glück, das so nicht da war, sondern anders, viel tiefer und viel reicher.
Nachts, in dem leeren Haus, da hat man nur das Meer gehört, die Wellen, immer sechs kleine und eine mächtige, in einer Sprache, die der Wasti nicht verstanden hat. Es ist ihm nur so vorgekommen, als ob die Wellen ihm was sagen wollten. Und weil er die Botschaft nicht verstanden hat, haben sie es immer und immer wieder gesagt.
In einer dieser Nächte ist er wach geworden, so gegen drei, halb vier. Mit dem Gefühl, dass da jemand im Raum ist. Im Halbdunkel hat er unter dem Fenster zum Meer raus, dem Lieblingsplatz von seiner Lena,

ein Licht gesehen. Fast lebensgroß ist es geworden, ein fluoreszierendes, blau glänzendes Licht, das langsam Gestalt angenommen hat, Menschengestalt. Und im Stuhl, da hat er die Lena gesehen, wie sie da sitzt und zum Meer rausschaut. Dann, nach einer Zeit, da hat sie den Kopf gedreht und in einer langsamen, fließenden Bewegung zu ihm rübergesehen. Gesprochen hat sie, aber er hat nichts gehört. Und dann hat er gemerkt, dass sie nur die Lippen bewegt: „Geh weg von hier, geh nach Hause, es wird alles gut. Ich bin bei dir."
„Lena", hat er gerufen, „Lena, bleib da, was soll ich nur machen, hilf mir doch, bitte."
Wieder haben sich ihre Lippen lautlos bewegt: „Ich muss jetzt wieder gehen, aber ich komm zurück. Ich bin auch immer da. Schau, was um dich herum ist."
Dann ist das Licht schwächer geworden, blasser, und verglimmt wie eine Kerze, die heruntergebrannt ist. Dunkelheit war wieder im Zimmer. Und das Rauschen der Wellen: sechs kleine, die geschäftig das Kommen der siebten, mächtigen Welle ankündigten. Wieder hat er nicht verstanden, was ihm das Meer sagen will.
Nach einigen Wochen, da war die Lena wieder da. Wieder so um drei, halb vier in der Früh. Wolfsstunde, so haben sie diese Zeit auf dem Schiff genannt, denn einer der Ukrainer, der mit dem Wasti manchmal Schicht hatte, der hat erzählt, dass in seinem Dorf um diese Zeit manchmal Wölfe aufgetaucht sind. Und die haben sich dann irgendwas Lebendes geholt. Lautlos und unheimlich.
Aber jetzt ist der Wasti mit einem Schlag hellwach,

denn auf dem Stuhl unter dem Fenster zum Meer, da taucht dieses schwache, durchsichtige, nebelhafte Licht wieder auf. Ganz zart, wie wenn man eine kleine Kerze anzündet, und der Docht, der erglüht, zaghaft zuerst und dann zu einer Flamme wächst.
Dann war sie da, die Lena. Gelächelt hat sie und zu ihm rübergesehen. Ihre Lippen haben sich bewegt, und er hat im Halbdunkel Mühe gehabt, ihre Worte zu lesen: „Du musst nach Hause, ich weiß es. Ich geb dir ein Zeichen, es wird alles gut für dich…." Und bevor er was sagen konnte, ist das Licht auf dem Stuhl in sich verloschen, war immer kleiner geworden und dann ganz weg.

In den nächsten Wochen, da hat der Wasti das Zeichen gesucht, hat seine Umwelt beobachtet und auf die nächtliche Botschaft der Wellen gelauscht. Aber nichts ist passiert. Dann eines Abends, nach einigen Bieren in der kleinen Bretterkneipe am Wasser unten, da ist er gegen Mitternacht nach Hause gegangen. Hat mit sich selber gesprochen und mit seiner Lena. Überhaupt hat er sich in letzter Zeit öfters dabei überrascht, wie er mit dem Stuhl unter dem Fenster zum Meer gesprochen hat. Redest mit einem Stuhl, hat er sich gedacht. Vielleicht ist das das Zeichen.
Auf jeden Fall, an diesem besagten Abend, da lag vor seiner Hütte im Mondlicht eine große weiße Möwe. Verletzt wahrscheinlich, weil sie nur mit dem Kopf gezuckt hat und weg wollte, als sie den Wasti gesehen hat, aber nicht weg konnte. Ein Fuß hat im Sand gescharrt,

und mit einem Flügel, da hat der große weiße Vogel müde ein, zweimal geschlagen.
Der Wasti hat sich gedacht, die leidet, und lange macht's die eh nicht mehr. Ist hinter seine Hütte gelaufen und hat den Spaten geholt, um den Vogel damit von seinem Leid zu erlösen. Und wie er so dasteht, den Spaten hoch über dem Kopf erhoben, und zuschlagen will, da hebt die Möwe den Kopf und starrt ihn mit einem ihrer schwarzen Augen an. Starrt ihn an, bewegungslos, nur dieser Blick.
Da senkt der Wasti langsam den Spaten, geht in die Hütte und holt einen flachen alten Blechteller mit Wasser und einen Brotkanten. Kniet sich neben die Möwe und krümelt das Brot über den Blechteller ins Wasser. Dann schiebt er den Teller neben den Möwenkopf, und das schwarze Auge sieht ihn starr an.
„Mehr kann ich nicht für dich tun", sagt er und geht rein.
Am nächsten Morgen ist die Möwe weg. Aber da, wo sie gelegen hat, da liegt eine reinweiße wunderschöne Feder. Wie ein Schreibkiel ist sie dagelegen, die Möwenfeder.
Als kleiner Kerl, so mit sieben oder acht, da hat der Wasti auf der Fraueninsel mal eine ähnlich schöne Möwenfeder gefunden. Nach der Schule war das, kurz vor den Sommerferien.
Die Mutter hat damals einen Schnitt vorne in die Feder gemacht und ihm gezeigt, wie man damit schreiben kann.
Seine Träume hat er damit aufgeschrieben, in den lau-

en Sommernächten auf der Insel. Seine Träume und seine Wünsche: dass er später auch einmal Fischer werden wollte, weil es nichts Schöneres gibt auf der Welt. Das ist das Zeichen, hat er sich gedacht. Weil die Lena, nachdem er ihr immer wieder seine Chiemsee-Geschichten erzählt hatte, einmal zu ihm gesagt hat:

„Schreib das doch auf. Schreib einfach alles auf, was dich bewegt, weil – dann findest du irgendwann einen Weg, wie du es bewegen kannst."

Also hat er die Möwenfeder genommen, einen Schreibkiel daraus gemacht und hat sich oben im Laden ein Fässchen schwarze Tinte gekauft.

Jetzt waren die Nächte nicht mehr so unendlich lang, denn er hat geschrieben, ein ganzes Büchlein voll. Alles, was ihm so eingefallen ist. Von seinen Brüdern, der Mutter, den Inseln.

Von den Bergen und den Almen, von den Nächten auf dem Chiemsee, wie sie auf Fische gewartet haben und in die Sterne gesehen, seine Brüder und er. Wie gerne er das alles wiederhaben möchte und nicht weiß, wie.

Und eines Tages, da hat er den Bus nach Valparaiso genommen und ist in den Frachthafen gegangen, zu der Tafel mit den Schiffsabfahrten.

MS Nordmann, Frachter, Zielhafen Hamburg, Abfahrt 14.06. / 10.00 Uhr.

Das ist morgen, hat er gedacht und ist zum Pier rausgegangen, direkt zum Schiff. Ein schöner Kahn, um die dreihundert Fuß, mit zwei großen Auslegerkränen an Bord. Der Käpt'n war nicht da, aber der erste Offizier, der auch der Zahlmeister war.

Dem hat der Wasti erzählt, dass er nach Hamburg möchte, und dafür auf dem Schiff arbeiten will, egal was. Dass er schon auf Schiffen gearbeitet hat, und was er alles machen kann und was nicht.
Der EO, ein Schwede, der hat gelacht und gesagt: „Komm morgen früh um acht. Geld kriegst du keins, aber eine Koje, Essen und die Überfahrt. Und Arbeit finden wir genug für dich, okay? Sind deine Papiere sauber?"
Vierzig Tage bis Hamburg. Über Ushuaia nach Montevideo, weiter nach Salvador de Bahia. Dann über Las Palmas nach Hamburg. Aber was sind vierzig Tage gegen all die Jahre, die ich weg war, hat der Wasti gedacht. Das wird meine letzte Reise.
Ich will jetzt wieder zuhause sein, mich nicht mehr verstecken. Ich werde mich stellen. Vielleicht vorher noch über die Fraueninsel gehen. Schauen, was sich verändert hat, wer unser altes Haus bewohnt. Noch ein Bier oder zwei in Freiheit, und dann fahre ich von der Insel direkt nach Prien rüber und geh zur Polizei. Wenn ich den Angerer damals wirklich erschlagen hab, dann muss ich dafür einstehen.
Das ist der Plan, das ist der Gedanke, der bei dem Schreiben mit der Möwenfeder immer mehr nach vorne gekommen ist.
Auf der MS Nordmann, da haben sie ihn als Mädchen für alles eingesetzt. Mal musste er an Deck putzen. Mal streichen oder entrosten, kleine Maschinen reparieren oder in der Küche mithelfen. Geschlafen hat er die ersten drei Nächte in einer Viererkabine. Am vierten Tag

hat ihn der Schwede rufen lassen und ihm gesagt: Ab heute schläfst du in einem Verschlag vorne bei der Bilge, in einer Einzelkabine sozusagen.
Weil die anderen drei nachts nicht richtig schlafen können bei seinen Albträumen, sagen sie: Er schreit nachts oder schlägt um sich. Und wenn man nachts nicht schlafen kann, kann man tagsüber nicht arbeiten. Klar, oder?

Die „Einzelkabine" war ein kleiner Raum mit einem Bullauge. An den Seitenwänden waren Regale, vollgepackt mit Schrauben, Muttern, Ersatzteilen für Maschinen, Metallstücken und Werkzeug. Also hat sich der Wasti eine Hängematte aufgespannt und seine Habseligkeiten in eins der Regale gelegt.
Seine Albträume, seine Reisegruppe, wie er sie genannt hat, die sind mit umgezogen: der tote Angerer Toni, seine Brüder, die Mutter.
Der Traum, der seit Jahren fast jede Nacht kam, war immer der gleiche: der Toni, wie er nach dem zweiten Schlag rückwärts ins Gras fällt. Dann liegt er da, öffnet die Augen und lacht. Und dann schießt das Blut aus seinem Mund. Ein dicker, tiefroter, unendlicher Strahl, und alles ist voll Blut ringsum. Knöcheltief.
Dann: seine Brüder, beim Fischen. Sie winken ihm zu, und er fliegt wie ein Vogel zum Boot. Steht dann am Bug und sieht zu, wie die beiden Brüder das schwere, triefnasse Netz aus dem Chiemsee ziehen. Erst sind Fische im Netz. Dann ist es eine große, weiße Möwe. Tot. Und dann: die Mutter, mit offenen Augen im

Netz. Sie bewegt sich und zeigt mit einem Finger auf ihn. Und die Brüder schreien ihn an: „Schleich dich, Totenvogel. Hau ab!“
Das ist dann meistens der Moment gewesen, in dem er von seinem eigenen Geschrei wach geworden ist. Manchmal, da ist gottseidank die Lena später noch gekommen, in seinen Träumen. Ihre Lippen haben lautlose Worte geformt, aber er, er hat sie gehört und verstanden: „Gib nicht auf! Mach weiter, du bist auf dem richtigen Weg, und ich, ich bin bei dir.“
Aber dann war sie wieder weg, seine Lena. Die Nacht hat sie mitgenommen, und der Wasti, der musste wieder einen Tag ohne sie überstehen.
Auf dem Schiff, da reden sie nicht viel mit ihm. Weil er selbst für diese Männer, die schon viel gesehen und erlebt haben, ein Sonderling ist.
Er redet mit sich selbst, er lacht, und manchmal, da hat er Tränen in den Augen.

Nachts, in den Freistunden, da steht er oft am Heck und schaut über die Reling. Auf dem breiten, silbrigen Wasserstreifen, den das Schiff hinter sich lässt und der in der Dunkelheit verschwindet.
Magisch ist das, wie das Wasser im Mondlicht glitzert, und er spürt, wie ihn das Meer ruft und runterziehen will. Komm, sagen die Wellen, leg dich auf den magischen Silberstreifen, der trägt dich zu deiner Lena.
Aber in dieser Nacht, als er eigentlich springen wollte, da ist der alte Chinese aus der Küche hinter ihm vorbeigegangen. Hat seine Zigarette ins Meer geschnippt

und zu ihm gesagt: „Don't do it, man, your ghosts will go with you."
Zwei Nächte später war die Lena wieder bei ihm und hat zu ihm gesagt: „Du hast noch was zu tun. Tu es, ich bin da."

Hamburg, nach all den Jahren in der Tropenhitze, war nass und kühl. Der Wasti war einer der ersten, die nach dem Festmachen vom Schiff gegangen sind. Verabschiedet hat er sich nur beim Schweden und dem alten Chinesen in der Küche.
Im Zug nach München: ungewohnte Geräusche und Gerüche. Aber seine Sprache, die hat er überall gehört und sich gefreut.
„Sie haben im Schlaf gelächelt", hat eine Frau zu ihm gesagt, die für vier oder fünf Stunden mit ihm im Abteil war.
Von München nach Bernau ist er mit einem Pendlerzug gefahren, der an jedem Misthaufen angehalten hat. Den Wasti hat's nicht gestört. Er hat sich die Berge angesehen, die Wälder, die Menschen. Hat sich aus dem Fenster gelehnt und die Luft eingesogen. Eine Luft, wie man sie sonst nirgends auf dieser Welt einatmet.
In Bernau ist er mit dem Bus nach Prien gefahren und hat sich unten am Hafen ein Zimmer genommen.
Abends hat er sich in einen Biergarten gesetzt und einen Steckerlfisch gegessen. Einen Saibling, ungefähr zweieinhalb Jahre alt. Hat er sofort am Geschmack und am Biss erkannt.
Dann, am nächsten Tag, einem Sonntag, ist er mit

einem der Feßler-Schiffe rüber auf die Insel, seine Fraueninsel gefahren. Um ihn herum Touristen, Familien mit Kindern und eine Schulklasse mit zwei sichtlich überforderten Lehrern.
Auf der Insel ist er zu seinem Elternhaus in der Nähe vom Nordsteg gegangen. Seine Schritte sind langsamer und schwerer geworden, und vor dem Holzhaus ist er stehengeblieben.
Die junge Frau im Vorgarten hat von ihren Blumen aufgesehen und ihm ins Gesicht geschaut: „Grüß Gott, suchen Sie jemand?"
„Nein", hat der Wasti gesagt, „nein, ich suche niemanden. Es ist nur so ein schönes Haus, das Sie hier haben. Ich wollte Sie nicht stören."
Da hat sie gelacht, die junge Frau und sich eine Locke aus dem Gesicht gestrichen beim Aufstehen.
„Ja, nicht?", fragte sie, „wir wohnen seit acht Jahren hier. Es ist ein Traum, der schönste Platz der Welt. Ich glaub, von hier gehen wir nie mehr weg, mein Mann und ich."
Dem Wasti ist das Lächeln schwer gefallen, wie er beim Wegdrehen gesagt hat: „Sie sind zu beneiden. Ich wünsch Ihnen und Ihrem Mann alles Gute. Auf Wiedersehen!"
Dann ist er schnell den Weg zum Kloster gegangen, weil er dieses Gefühl in der Brust wieder hatte, dass es ihn gleich zerreißt.
Unten, in einem der alten Häuser am Wasser neben dem Kloster, da haben die Nonnen ihren jährlichen Klosterflohmarkt abgehalten. Und plötzlich, da war er

mitten unter den Leuten, die gestöbert, geschaut und gekauft haben.
Was mach ich hier, hat er sich gedacht, ich muss nach Prien, zur Polizei. Jetzt.

Da hat er das Bild gesehen. An einem Stand mit Büchern und altem Geschirr, da lag ein Foto in einem schlichten Holzrahmen: eine wunderschöne weiße Möwe. Eigentlich war nur der Kopf auf dem Foto zu sehen.
Mit Augen, die ihn direkt angesehen haben. Angesehen, wie die Möwe vor seiner Hütte in Chile. Intensiv und starr.
Der Nonne, die ihm das Bild verkauft hat, der hat er gar nicht richtig zugehört, als sie ihn gefragt hat, ob es ihm was ausmacht, wenn sie das Bild in eine Zeitung einwickelt: „Es ist so viel los heute, ich hab jetzt schon keine Tüten mehr“, hat sie zu ihm gesagt und dabei gelacht.
Draußen hat er sich auf eine Bank unter den Bäumen am Wasser gesetzt und das Bild ausgewickelt und angeschaut. Der ältere Herr neben ihm hat sich rübergebeugt und sagte: „Das ist eine interessante Aufnahme. Darf ich das Bild mal sehen?“
Der Wasti hat‘s ihm gereicht und dann einen Blick auf die monatealte Zeitung geworfen.
Und genau da stand:
WEITERER ALTER MORDFALL GEKLÄRT
Wieder ist es den Kriminalwissenschaftlern der Abteilung III, einer Spezialabteilung für ungeklärte Kapi-

talverbrechen gelungen, eine Mordakte zu schließen. Dank der neuen DNA-Technik war es möglich, den Fall des viele Jahre zurückliegenden Mordes an Toni Angerer aufzuklären. Mancher unserer Leser erinnert sich vielleicht noch an die Tat:
Toni (Anton) Angerer, ein Handwerker, wohnhaft auf der Fraueninsel, kam bei einem Bierzeltstreit ums Leben. Damals hatte man seinen Freund, Wasti (Sebastian) Weiniger als mutmaßlichen Mörder gesucht, aber nie gefunden. Nun haben sich die Profis der Abteilung III den Maßkrug, der neben der Leiche lag, vorgenommen und dort die DNA des Täters festgestellt. Ein Mann aus Rottau, der mittlerweile gestorben ist, war der Mörder.
Scheinbar hat dieser Mann auf den am Boden liegenden Angerer mit dem Maßkrug eingeschlagen, nachdem Weiniger schon weg war.
Somit ist Wasti Weiniger voll rehabilitiert. Leider ist nicht bekannt, wo er sich aufhält oder ob er überhaupt noch lebt.
Seine beiden Brüder, die Berufsfischer sind und eine Fischräucherei in Übersee betreiben, konnten der Polizei und unserer Zeitung keine Auskünfte zum Verbleib ihres Bruders geben. „Aber sein Platz ist hier", sagten sie, „irgendwann wird er kommen."
Der Wasti ist wie betäubt aufgestanden. Nach ein paar Schritten hat ihn der ältere Herr eingeholt und ihm das Bild hingehalten: „Hier, ihr Bild. Ist Ihnen nicht gut?"
„Doch, aber ich bin grade erst wieder heimgekommen. Behalten Sie das Bild, bitte."

Und in dieser Nacht, im Haus seiner Brüder in Übersee, da ist dem Wasti Weininger die Lena zum letzten Mal erschienen: „Du bist jetzt da, wo du hingehörst, und ich muss jetzt gehen. Leb wohl!“

Was aus der Möwenfeder wurde? Die hat der Wasti auf seinem Hut, den er zum Fischen auf dem See immer trägt, wenn er mit seinen Brüdern rausfährt.

„Ich kenn wirklich keinen, der solche Geschichten erzählen kann wie du. Was da zurückbleibt, ist nur noch Herzstaub."
Die Anna schaut ihren Bertl verträumt an.
„Tja", sagt der und schüttelt seine feuchten Federn, „die einen kennen mich, die andern können mich. Der Regen hat nachgelassen. Wo willst denn jetzt hin fliegen? Drehen wir noch eine Runde über der Insel?"
„Weiß nicht. Wo wollen wir denn hin?"
Wieder mal typisch Frau, so was.
„Bah", sagt der Bertl, „warum ist's bloß so schwer, einen Vogel von seiner Freiheit zu überzeugen. Wenn mir die Gicht nicht so im Flügel zwicken tät, dann tät ich sagen: Schaun wir mal zur Kampenwand rüber."
„Die Krankheiten sind die Waffen der Alten. Schon mal gehört?", fragt die Anna. „Aber weißt du was? Erzähl mir doch noch so eine Geschichte. Nicht ganz so traurig, wenn's geht, und dann übernachten wir hier. Regnet eh noch ein bisserl. Das Haus da drüben am Wasser, das jetzt abgerissen wird, war das nicht mal eine bekannte Wirtschaft?"
Der steife Bertl, und steif ist er jetzt wirklich, nach einigen Stunden in dieser unbequemen Stellung auf dem Geranien-Kasten, der schaut durch den Tropfenvorhang rüber zum See und fängt an zu erzählen:

„Ja, das war mal eine ziemlich bekannte Gaststätte, der ‚Wurstwirt'. Ist aber schon seit Jahren zu. Der letzte

Besitzer, der ist mit seinen Bildern berühmt geworden. Obwohl der ab einem bestimmten Zeitpunkt immer nur noch ein Motiv gemalt hat. Auf der Wiese neben dem Klostersteg, da hat er immer gesessen und gemalt. Den Ausblick über die Kraut- und die Herreninsel, hinüber zu den zackigen Steinkolossen der Chiemgauberge. Und seinen Rauhaardackel, den Gustl, den hat er immer irgendwie ins Bild reingemalt. Ganz klein und irgendwo versteckt, aber der war immer da, der Gustl. Auf jedem Bild. So hat er gemalt, immer nur ein Motiv: den See mit den Bergen dahinter, und den Gustl hat er im Bild versteckt. Ich glaub, der hat hundert oder noch mehr von diesen Bildern gemalt. Und fast alle verkauft. Gleich da unten am Steg. An die Touristen und an die Segler. Will gar nicht wissen, wie viele Seemotive mit Kampenwand und Dackel hier rings um den See in den Wohnzimmern hängen."

„Glaub ich jetzt nicht", sagt die Anna, „klingt überhaupt nicht logisch für mich."
„Der Begriff Logik, meine gefiederte Liebste, der ist relativ: Das Pferd zum Beispiel, das heißt Pferd, weil es auf der Erde rumläuft. Könnte es durch die Luft fliegen wie wir, dann würde es Pfluft und nicht Pferd heißen, das ist zum Beispiel Logik. Okay, theoretische Logik, zugegeben. Oder, hier, noch was: Wenn ein Taubenzüchter seine Brieftauben mit Spechten kreuzen würde…"
„Warum sollte jemand so was machen?"
Jetzt ist die Anna doch platt.

„Tja“, sagt der Bertl, „damit sie vorher anklopfen können, wenn sie abends in den Taubenschlag zurückwollen.“

Die Anna haut ihm jetzt mit dem Flügel über den Kopf und sagt: „Hoffentlich machen sie aus dir mal Staubwedel oder so was, damit du wenigstens später mal zu was gut bist. Aber jetzt erzähl. War der von hier, von der Insel, der Maler?“
„Nein, war er nicht. Du musst dir jetzt folgendes vorstellen“, sagt der steife Bertl und schüttelt kurz seine alten Federn durch: „Die, die hier malen und auch heute noch auf der Insel wohnen, die kommen alle aus der Münchner Schule.“
„Eine Schule?“
„Nein!“ Der Bertl schließt die Augen und sagt: „Könntest du mich einmal, nur ein einziges Mal ausreden lassen? Ja? Geht das? Gut. Dann hör zu:

Irgendwann, so um 1830 herum, da sind vier junge Kunstmaler aus München in einem Einbaum von Gstadt aus auf die Fraueninsel gerudert. An einem wunderschönen lauwarmen Frühlingstag muss das gewesen sein. Die Sonne hat die Insel in ein ganz zauberhaftes Licht getaucht, und die vier, die haben gedacht, sie sind im Paradies gelandet. Sie haben auf der Insel gleich ihre Staffeleien und die Pinsel und die Farben ausgepackt und haben losgemalt. Ein paar Tage später waren sie wieder da, und da haben sie schon auf der Insel übernachtet. Dann wieder und wieder und

irgendwann, da sind sie dageblieben, alle vier.
Mit den Inselbewohnern, damals waren ja fast alle Fischer, sind sie gut klargekommen. Dann, ein paar Jahre später, da hat einer der Maler eine Wirtstochter hier auf Frauenchiemsee geheiratet. Sein Freund, auch ein Maler, der hat dann die Schwester geheiratet, eine von den Dumbser-Schwestern. ‚Unsere Meerweiblein'– so haben sie die beiden Frauen genannt.
Die Maler, die haben die Insel dann später wieder verlassen, und beide wurden berühmte Professoren an der Kunstakademie zu Prag. Die vier Kunstmaler, das waren die Gründer der Münchner Schule. Und so wie die vier gemalt haben, so malen die meisten der heutigen Inselmaler immer noch. Hast mich?"

„Was ist aus den Frauen geworden?" Die Anna sieht ihren Bertl fragend an: „Und was hat das mit der Geschichte von dem Dackelmaler zu tun?"
„Weib, gedulde dich! Die beiden Frauen sind auf der Insel geblieben. Die wollten und konnten nicht weg. Die Wirtschaft war zu führen, die durften sie nicht alleine lassen. Beide sind ziemlich dick geworden, so dass es die Männer dann auch nicht mehr so nach Hause gezogen hat. Aber die Dumbser-Schwestern, die haben die ‚Linde', die es ja heute noch gibt, bewirtschaftet. Die ‚Linde' ist eins der ältesten Gasthäuser Bayerns. Gut, Kunstmaler wohnen da heute nicht mehr viele, aber in der ‚Linde' kann man unvergessliche Stunden erleben, und einige Bilder der alten Münchner Maler hängen da an den Wänden."

„Sag mal“, meint die Anna, „warum erzählst du mir diesen alten Schmarren eigentlich?“
„Weil“, sagt der Bertl, „weil das direkt mit meiner Geschichte zu tun hat, weil das jetzt die Vorgeschichte war, du ungeduldiger Fliegenfresser. Unser Maler, der mit dem Dackel, das war nämlich von Haus aus ein Abstrakter, verstehst?“
„Nein, was ist ein Abstrakter?“ Die Anna schaut jetzt doch ein bisserl irritiert.
„Ein abstrakter Maler, der malt so wie du denkst. Also, nicht immer so, dass man das, was er meint, auch gleich versteht. Hast mich?“
„Ah ja.“ Jetzt ist sie eingeschnappt, das sieht man.

Der Bertl schüttelt sich kurz durch, peilt eine Raupe auf den Geranien an und sagt: „Egal. Auf jeden Fall ist unserm Maler eines Nachts im Traum der Sankt Pinso erschienen. Der heilige Pinsel. Das ist der Schutzheilige der Kunstmaler. Aber das hast du bestimmt gewusst, oder?“
„Nein, hab ich nicht. Aber bei den ganzen Schutzheiligen, die es so gibt, braucht man langsam einen Schutzheiligen für die Schutzheiligen.“
Jetzt ruckt ihr kleiner weißer Möwenkopf nach vorne, und hinten im Genick, da stellt‘s ihr so langsam die Federn auf. Kein gutes Zeichen. Der Bertl kennt das, und rückt deshalb näher an die Geranienkästen heran.
„Du elender Gichtvogel!“, kommt es auch schon raus aus ihr, „du kommst immer mehr nach meinem großmäuligen Onkel Fredo, weißt du das? Kennst du die

Geschichte, wie der taube alte Trottel von einem Fischer angeschossen wurde, und auch getroffen? Nein? Der Depp ist einfach weitergeflogen, weil er den Schuss nicht gehört hat, so taub war der. Und wie ihm dann daheim im Schilf die Kugel aus dem Flügel gefallen war, da hat er zu meiner Tante gesagt: Wahrscheinlich ist das ein Nierenstein von einem der verblödeten Kormorane… Mit denen hat er nämlich immer abgehangen. So, jetzt die Geschichte, aber zackig!"
„Ist ja gut." Der Bertl, der das Temperament seiner Anna kennt, der erzählt jetzt doch ein bisschen hastiger:

„Also, unser junger Maler, der Hofer Hans, der war so eine typische Schwabinger Künstlernatur. So der Typ Noagerlschlürfer und Nächtedurchdiskutierer, und von der Münchner Schule hat der so viel gehalten, wie ein Solo-Harfenist von Durchfall mitten im Konzert. Irgendwann ist er mit einem Kumpel auf die Fraueninsel gekommen. Es ging da um eine Auftragsarbeit in einem der Gasthöfe oder sowas. Und da hat's ihm auf einmal so gut gefallen: die Insel, der See, die Berge, die Leute – einfach alles, so dass sein Kumpel alleine nach München zurück ist. Aber der Hans, der ist geblieben. Übernachtet hat er beim Wurstwirt. Weil's günstig war, und weil das Essen gut geschmeckt hat. Besonders die geräucherten Würste, und alles, was der Wirt draus gemacht hat: Wurstsalat, Gröstl, Wurstknödel und so weiter, also, da sind die Leute von weither gekommen, nur um so was zu essen. Hat ganz besonders geschmeckt, die Räucherwurst vom Wurstwirt. Die Metzger auf dem Festland, die haben versucht, die Wurst mit dem besonderen Geschmack nachzumachen. Hat aber nicht geklappt. Und verraten hat der Wurstwirt keinem, was er da reintat und wie er seine Würste abwürzte. Nach ein oder zwei Abenden, da sind der Wurstwirt und der Hans ins Gespräch gekommen. Und der Wirt hat gesagt, weißt du was, du malst mir ein paar schöne Motive hier in die Gaststube, so mit Fischen und Würsten oder so, und dafür kannst du hier umsonst übernachten, und Essen kriegst du auch. Das hat dem Hans gut gepasst, denn erstens war Geld Mangelware, und zweitens hat der Hans die hübsche Tochter vom Wirt gleich bemerkt, schon am ersten Abend.

Die Traudl, die war jung und fesch, ungefähr fünfundzwanzig. Eine, die nicht nur hübsch, sondern auch nicht auf den Mund gefallen war. Am ersten Abend hat sie gleich zum Hans gesagt: ‚Weißt, wir haben hier auf der Insel eigentlich nur zwei echte Probleme. Das zweite sind die lästigen Inselmücken.'

‚Und das erste?' Jetzt war der Hans aber neugierig. ‚Das erste, das sind die Maler aus München.'

Ja gut, das lockere Mundwerk, das hat sie wohl von ihrem Vater geerbt gehabt. Der war ja auch nie um einen Spruch verlegen. Nachdem seine Frau vor einigen Jahren gestorben war, haben ihn die Fischer am Stammtisch immer gefragt, wann er endlich wieder heiraten wollte. Seine Antwort: Es gibt nur einen Weg, eine glückliche Ehe zu führen. Sobald ich erfahren habe,

welcher das ist, werde ich wieder heiraten.
Für seine Traudl war ihm keiner gut genug. Schon gleich überhaupt nicht ein Kunstmaler aus München. Nur damit das klar ist.
Aber was soll ich sagen: Keine drei Tage, nachdem sich der Hofer Hans beim Wurstwirt eingenistet hatte, da hatte er ein Kammerfensterln bei der Traudl gehabt. Um Mitternacht, nachdem der Alte im Bett und in der Wirtschaft alles dunkel und abgesperrt war, da ist der Hofer Hans mit der Leiter, die er vom Nachbarn, sagen wir mal, geliehen hatte, unter dem Fenster von der Traudl gestanden. Klar, denn wenn er über den Hausgang im ersten Stock geschlichen wär, dann hätt ihn der Alte gehört. Weil der den Holzfußboden nie eingeölt hatte, damit der ja immer schön laut quietscht und zirpt, wenn da einer langgeht. Und weil sein Schlafzimmer direkt neben dem seiner jungen, schönen Tochter gewesen ist.
Also ist der Hofer Hans mit seiner geliehenen Leiter ums Haus rum, hat einen Kieselstein ans Fenster von der Traudl geworfen und, nachdem das Fenster wie von Zauberhand aufgegangen war, war er die Leiter hoch gekraxelt wie der Teufel und ruck-zuck im Zimmer seiner Traudl verschwunden.
Jetzt hat der Alte aber einen leichten Schlaf gehabt und die beiden nebenan gehört. Das heißt, so genau hatte er im ersten Aufwachen nicht mitgekriegt, was sich da abspielte. Nur, dass da Geräusche waren, die nicht so recht in eine laue Inselnacht passten. Hastig war er aus seinem alten Holzbett gestiegen, hatte aber in der Eile

vergessen, die Nachttischlampe anzumachen. Also war er im Dunkeln erst mal über irgendwas gestolpert und hat deswegen laut geflucht.
Das haben die beiden nebenan gehört, und die Traudl, die war fast in Ohnmacht gefallen vor Angst.
‚Schnell, raus aus dem Fenster', hatte sie zum Hans gesagt, und der hatte sein Hemd übergestreift, war in die Schuhe gesprungen, und mit einem Satz über die Fensterbank war er wieder auf seiner Leih-Leiter.
Unten hatte er die Leiter hastig ins Gras gelegt und war um die Wirtschaft rumgelaufen. Und bei der Haustür wieder rein. In sein Zimmer unter dem Dach, in das hatte er aber nicht hinein gekonnt. Weil der Alte wie ein wildgewordener Stier im Hausgang oben hin und her gewalzt war und gebrüllt hatte: ‚Jetzt mach die Tür auf, Traudl, ich weiß genau, dass da ein Kerl bei dir ist. Dem brech i alle Knochen. Mach auf, Luder, ausg'schamt's!'
Unten, vor der Gaststube, da war der Hans jetzt dummerweise mit dem Fuß gegen eine große alte Milchkanne gestoßen, die er tagsüber noch mit einem wirklich schönen Fischermotiv bemalt hatte. Und die hier eigentlich zum Trocknen abgestellt war, die Kanne. Auf jeden Fall hatte's einen Schlag getan, und der Wirt oben, der hatte das natürlich auch gehört und gleich losgebrüllt: ‚Ah, unten ist er, der Lackel, der mistige! Jetzt pass auf, jetzt kimm i…!'
Und poltert die Treppe runter. Der Hans, der rennt voller Panik an der Wirtsstube vorbei, den Gang neben der Küche entlang und dann – geht's nicht mehr wei-

ter. Ende der Fahnenstange.
Eine Tür ist da noch, und die reißt der Hans in seiner Todesangst auf und schlüpft in den rabenschwarzen Raum und macht die Tür leise hinter sich zu. Sofort umfängt ihn ein schwerer Geruch, der ihm fast den Atem nimmt. Rauch ist das, kalter Rauch. Die Räucherkammer. Der Hans holt sein Feuerzeug aus der Tasche, und im Licht des flackernden Flämmchens sieht er sich von hunderten großen Würsten umringt, die in drei, vier Reihen hintereinander hoch an den Wänden und von der Decke hängen.
Behutsam packt er eine der schwarzglänzenden Würste und denkt: Wenn ich hier lebendig wieder rauskomm, dann ess' ich nie mehr ein Schweinefleisch, das schwör ich beim ewigen Wurstgott. Nur dies eine Mal musst du mir helfen, ehrlich, dann ess' ich mein Leben lang keine Sau mehr.
Draußen im Gang, da tobt der Wirt: ‚Wenn i di derwisch, i krag'l di ab, des sag ich dir, du Sittenstrolch, du ehrloser! In die Wurst, da kimmst nei, genau wie die anderen, du Weiberschänder.'
In die Wurst, denkt der Hans, geht in der Finsternis einen Schritt zurück und kriegt prompt eine Wurst ins Genick. In die Wurst komm ich, hat er gesagt, der Berserker da draußen!
Mein Gott, denkt der Hans, ich bin ein Kannibale. Weil, jetzt fallen ihm siedend heiß die Stammtischgeschichten ein. Von den jungen Malerfreunden, die auch hier auf der Insel waren und dann nie mehr gesehen wurden. Oder die Geschichte von dem Hand-

werksburschen aus Prien, der sich in die Traudl verguckt hatte, und der nach einem Gespräch unter vier Augen mit der Bestie da draußen nie mehr aufgetaucht war.

Da haben wir es, das dunkle Geheimnis der unnachahmlichen Räucherwurst mit dem ganz eigenen, nicht zu erforschenden Geschmack! Ist sein ganz spezielles Geheimrezept, hat er immer gesagt, der irre Massenmörder da draußen.

Und die Traudl, die muss das doch auch mitgekriegt haben, denkt der Hans. Jetzt steigt ihm ein neuer, noch schlimmerer Verdacht hier in der rauchgeschwängerten, stickigen Luft in dieser unbeschreiblichen Dunkelheit der Todeskammer in ihm hoch, und er sieht die Bilder vor Augen: die Traudl und der Alte zusammen beim Wurstmachen. Wie sie einen Malerfreund von ihm zerteilen und unter irrem Gelächter in die Wurstmaschine stecken. Das alles ist hier ein abgekartetes Spiel, denkt der Hans. Der Alte, der weiß genau, wo ich bin, und die beiden, die haben jetzt bloß noch ein bisschen ihren Spaß, bis es mit der Arbeit losgeht.

Jetzt, bevor ihm die Sinne zu schwinden drohen, hört der Hans die Stimme von der Traudl von draußen: ‚Geh, Papa, jetzt reiß di z'amm'! Wahrscheinlich ist wieder einmal der blöde Kater von der Nachbarin rumgelaufen. Hast wieder vergessen, die Fenster in der Wirtschaft g'scheit zuzumachen. Da schau her, das eine Fenster in der Gaststube ist sperrangelweit offen, und hier sind auch die Tapser vom Kater zu sehen. Komm her jetzt und mach dich nicht lächerlich!'

Und da geht der alte Massenmörder doch scheinbar tatsächlich in die Gaststube, wo seine Tochter ist. Die führt ihn zum Fenster am andern Ende der Stube. Das steht doch tatsächlich, man glaubt es nicht, offen.
Der Hans, der späht aus der Räucherkammer, nimmt seine Schuhe, steigt auf Zehenspitzen die Treppe zum ersten Stock hoch und dann gleich weiter, die nächste Treppe hoch. Das ist die, die zu seinem Zimmer unterm Dach führt.
Von dort oben ruft er runter: ‚Ja was ist denn da los? Was ist denn das für ein G'schrei? Habt ihr einen Einbrecher da unten? Soll ich schnell runterkommen, braucht's Hilfe?'
‚Naa', schreit der Massenmörder, schon etwas ruhiger, ‚naa, die Katz von der Nachbarin war wieder da. Das Sauviech, das elende. Immer hinter meine Würscht her. Leg di wieder hin, Hans, passt scho', guat' Nacht.'
Eine gute Nacht wurde's für den Hans aber nicht mehr, weil er immer wieder aus seinen Albträumen hochgeschreckt war. Wüste Träume, in denen ihn riesenhafte Räucherwürste verfolgt hatten.
Am nächsten Morgen, beim Frühstück, da war der Alte aus der Küche gekommen und hatte dem Hans zu seinem Teller noch eine Extraportion mit Wurstscheiben gestellt und gesagt: ‚Da, Hans, da hast ein bisserl eine Wurst extra, weil du mir so spontan helfen hast wollen, in der Nacht. Gut, wenn man so einen tatkräftigen Burschen im Haus hat, gell?'
Keine fünf Minuten später ist der Wirt schon wieder beim Hans am Tisch:

‚Magst noch einen Kaffee, Hans? Da, ich hab zufällig die Kanne dabei.'
Der will doch was von mir, denkt sich der Hans, sonst wär der nicht so saufreundlich. Oder ob er doch noch einen Restverdacht hat?
‚Ich hab mir überlegt', sagt der Wirt, ‚nämlich, dass wir hier drin einen Hund brauchen täten. Zwecks der Katzen, das geht so nicht weiter. Wenn du also wieder aufs Festland rüberfährst, dann bringst einen Hund mit.'
‚Einen Hund, was für einen denn? Einen Schäferhund vielleicht, oder einen Boxer?'
‚Naa', sagt der Wirt, ‚schon was Kompakteres. Wir sind ja eine kleine Insel, da müssma auch einen kleinen Hund haben. Inselkompatibel, verstehst? Dass des im Verhältnis stimmt, hast mich? Aber wachsam sollt' der schon sein. Die Katzen soll er fernhalten, und auf meine Traudl, da könnt er auch ein Auge haben. Schau halt mal, was es da alles gibt, so in der Art. So ein kleinerer Hund, der ist ja auch ein bisserl billiger als so ein großer, verfressener. Glaub ich jedenfalls.'
Jetzt musste der Hans sowieso aufs Festland rüber, nach Prien, Farben und Lacke kaufen. Weil – das mit der Wandmalerei hat sich auf der Fraueninsel gut angelassen, sogar ein paar von den Fischern, die wollten auf einmal Lüftlmalereien an ihren Hauswänden. Man kennt das ja: Einer fängt an, dann will's der andere auch.
Auf jeden Fall hat der Hans auf der Insel so gut zu tun gehabt, dass er sich überlegt hat, ganz hierher zu ziehen.

In Prien war er mit seinen Einkäufen schnell durch, und so ist er noch schnell nach Bernau nüberg'fahren, ins Tierheim.

Und da war er: ein Rauhaardackelrüde, noch kein Jahr alt. Braunes, struppiges Fell mit hellen Absetzern drauf. Ein wunderschöner kleiner Kerl.

‚Wir haben ihn Gustl getauft', sagt die Frau vom Tierheim, ‚wie alt er genau ist, wissen wir nicht. Zehn, elf Monate, vielleicht ein Jahr, älter ist der nicht. Im vorigen Monat hat ihn jemand in einer Plastiktüte an den Zaun gehängt.'

Beim Hans und beim Gustl, da war das die Liebe auf den ersten Blick.

Beim Wirt auf der Fraueninsel allerdings nicht: ‚Der ist ja viel zu jung. Und besonders intelligent schaut der auch nicht aus dem Pelz. Was will ich mit einem Babyhund? Aufpassen soll der, Katzen verjagen, hast mich? Nachts hier drin auf Streife gehen, sozusagen.'

‚Das ist ein Dackel', sagt der Hans, ‚und Dackel, das sind Täuscher und Trickser. Das sind die intelligentesten Hunde überhaupt, weil sie so tun, als wären sie nicht intelligent, verstehst? Und dass der so jung ist, das musst du positiv sehen. Der Gustl ist genau genommen nicht jung, sondern im besten lernfähigen Alter. Weil – einem alten Hund, dem bringst du keine neuen Tricks bei, hast mich?'

In dem Moment ist die Traudl dazugekommen und hat den Gustl gesehen, und damit war das Thema vom Tisch. Sie hat ihn gleich an die Brust gedrückt und in einer ganz merkwürdigen Sprache mit ihm gesprochen, und der Wirt hat den Hans angeschaut und gesagt: ‚Da hast mir was eingebrockt. Danke.‘

Jetzt ist aber keine vier Wochen später die Sache mit dem Traktor passiert, und das war so: Der Wirt, der hat einen alten ‚Eicher‘-Traktor gehabt. Aus den fünfziger Jahren war der, gut erhalten, der ganze Stolz vom Wirt. Gebraucht hat er ihn zwar eigentlich nicht, aber so ein- oder zweimal in der Woche, da hat er sich draufgesetzt und den Motor angelassen. Manchmal ist er mit seinem ‚Eicher‘ auf dem Grundstück rumgefahren, wenn es einen Baum zum Fällen gab und das Holz weg musste.
An einem schönen Sonntagnachmittag, da hat er einem von seinen Fischerkumpels wieder mal seinen alten Eicher vorgeführt. Dann hat ihn die Traudl ans Telefon gerufen, und der Wirt und sein Spezl sind rein ins Haus und haben vergessen, den Motor vom Traktor abzustellen.
Irgendwas ist heiß geworden in der alten Maschinerie. Wahrscheinlich in der Zündung. Auf jeden Fall hat‘s gequalmt und gezischt, und seitlich, am Motorblock, da waren kleine Flammen zu sehen.
Draußen war niemand, nur der Gustl, der unter einem der Kirschbäume geschlafen hat und von dem Gezische wach geworden ist.
Weil ihn irgendwas so abrupt aus seinen schönen Hundeträumen geholt hat, war er ziemlich sauer, der Gustl, und hat erst einmal losgekläfft auf Teufel komm raus.
Im Haus hat die Traudl ihren kleinen Liebling bellen

gehört und aus dem Fenster gesehen. Und da war der Trecker am Qualmen.
Jetzt haben sie alle durcheinander geschrien und gebellt: die Traudl, der Wirt und der Gustl, der sich gefreut hat, dass endlich mal was los ist. Obwohl er natürlich nicht so genau gewusst hat, um was es da eigentlich gegangen ist.
Der Wirt konnte den Kabelschmorbrand schnell löschen, der Trecker ist längst wieder repariert gewesen, aber der Gustl, der war von dem Tag an der Liebling vom Wirt.
Die Fischer von der Stammtischtruppe, die konnten die Geschichten von dem unfassbar intelligenten Gustl nicht mehr hören, und haben den Wirt so manches Mal aufgezogen.
Wie neulich am Stammtisch: Da sagt einer der Fischer zum Wirt: ‚Also, mein Hund, der Harro, der ist so gescheit, der kann eine Renke von einem Saibling unterscheiden, am Geruch. Da war sogar einer von der ‚Chiemgau-Zeitung' hier, der hat das aufgeschrieben, und letzte Woche am Freitag stand der Bericht in der Zeitung.'
‚Weiß ich', sagt der Wirt darauf, ‚der Gustl hat's mir vorgelesen.'
Auf der Fraueninsel, da war der Gustl bald bekannt und hat überall seine Fans gehabt. Am späten Vormittag, da hat er immer seinen Inselrundgang gemacht. Bei der ‚Linde' war der erste Stopp eingeplant, dann ist er weitermarschiert zum ‚Inselwirt', und sogar von den Schwestern aus dem Kloster hat er manchmal eine

Wurst oder sonst was Leckeres bekommen.
Nachmittag, so gegen fünf, sechs Uhr, da ist der Hofer Hans dann zum Klostersteg gegangen, mit Staffelei und Farben und der alten, farbverschmierten Palette. Mit ihm: der Gustl, der sich unter die Staffelei gelegt hat und meistens sofort eingeschlafen ist.
Die Nachmittagssonne, die hat das Wasser und die Inseln und die Chiemgauberge in ein magisches Licht getaucht, und der Hans, der hat diese Zauberstimmung immer wieder auf die Leinwand gebracht.
An einem dieser Tage, da wollte ein Segler aus Übersee ein Bild vom Hans kaufen und hatte ihn gebeten, doch diesen wunderhübschen Dackel mit rein zu malen. Das war sozusagen die Premiere, das erste der Bilder aus der späteren unendlichen Dackelserie.
Abends hat der Hans in der Wirtschaft mitgeholfen, und nachts, wenn er bei der Traudl war, da hat der Wirt tief und beruhigt geschlafen, weil er ja gewusst hat, dass der Gustl auf Streife ist und in der Gaststube und in den Gängen wacht.

Dann, vor ein paar Jahren im Herbst, da ist es dann passiert. Ich weiß es noch genau, was das für ein Morgen war: Die Sonne ist rotglühend aufgegangen. Der See war still, ein paar von uns Möwen sind über den dümpelnden Fischerbooten gekreist, und die Herreninsel und die Kampenwand waren in der diesigen Morgenluft kaum zu erkennen. An diesem Morgen ist der Wirt früh raus, weil er ein Feuer im Ofen vom alten Räucherhaus anmachen wollte.

Die Traudl, die hat ihm von ihrem Fenster droben zugesehen und noch gedacht: Gleich vernebelt er wieder die halbe Insel mit seinem Räucherholz. Jetzt muss ich sagen: Auch das Holz, das der Wirt zum Räuchern seiner berühmten Würste genommen hat war ein ganz spezielles: Kirsche, von ausgesuchten Bäumen. Ausgesucht hat er sie, indem er hochgeklettert ist bis in die ersten Astgabelungen. Da hat er dann eine Stunde oder länger gesessen, im Kirschbaum, und beobachtet, ja, meditiert, könnte man sagen.

Zum Räuchern hat er sein sorgfältig abgelagertes Kirschholz dann gemischt mit getrockneten Erlenholzstücken, die der See angeschwemmt hat.

‚Den Kirschbaum da hinten, den nehm ich erst im nächsten Jahr, der ist noch nicht soweit', hat er dann manchmal zur Traudl gesagt, ‚der spricht noch nicht zu mir.'

Und die Räucherei, die hat nur im Herbst so richtig funktioniert. Weil die Würste dann tagelang bei exakt siebzehn, achtzehn Grad im kalten Rauch in dem Häuschen hängen sollten.

Also musste das Räucherfeuer am frühen Morgen angezündet werden, damit sich bis zum Abend die richtige kühle Rauchmischung eingestellt hat. Beim Ofen und an den vier offenen Feuerstellen in dem Häuschen. Die Flammen müssen gleichmäßig und maßvoll sein, damit der Rauch richtig kommt, hat er immer gesagt.

Und an diesem Morgen, da war es wieder mal soweit.

Nur ist diesmal alles ganz anders gelaufen: Der Alte geht über den Hof, greift sich an die Brust und fällt

um. Ganz langsam ist er in die Knie gegangen und umgefallen. Mit einer stillen Würde, beinah so wie einer von seinen alten Kirschbäumen.
Die Traudl hat ‚Hans...! Hans…!' geschrien und ist runter gerannt. Der Gustl ist aus seinem Korb neben dem Kachelofen in der Gaststube gekrabbelt und ist mit raus gelaufen, und Sekunden später war auch der Hans da.
Sie haben den Alten hochgehoben und in die Gaststube auf eine Bank gelegt.
Die Traudl ist bei ihm geblieben, und der Hans ist zum Inseldoktor hochgelaufen. Der, ein freundlicher älterer Herr, war immer noch beim Frühstück und ist so schnell von seinem Tisch aufgestanden, dass er sein altes, mit Sprüngen durchsetztes Kaffeehaferl umgestoßen hat.
Schnell sind sie den Weg zum Wurstwirt runter, aber nicht schnell genug.
Der Doktor hat dem Alten sein Stethoskop an die Brust gelegt und dann zwei Finger an den Hals – und nur mit dem Kopf geschüttelt.
‚Jetzt ist er bei seinem Herrgott', hat er beim Aufstehen gesagt und die Traudl in den Arm genommen.
Auch der Gustl hat gemerkt, dass heute alles anders ist, weil er sich ganz klein und flach in seinen Korb geschlichen hat.
Und der Hans, der seinen eigenen Vater nie kennengelernt hat, der hat auf den toten Alten runter geschaut und gemerkt, wie ihm die Tränen in die Augen schießen.

Zur Beerdigung vom alten Wirt, oben, am Inselfriedhof, da waren sie alle da. Die Fischerfreunde, die Schützen aus Rimsting und die Inselmusik.
Mit Harfe, Gitarre und einer Ziehharmonika haben sie den Alten in den Himmel hochgespielt.
Traurig, aber schön war's.
Von den Nonnen sind auch noch einige ans offene Grab gekommen und haben gesungen. Obwohl, so katholisch ist der Alte nie gewesen, und das haben die auch gewusst.
Der Pfarrer hat eine Rede gehalten und von einem Verstorbenen gesprochen, den der Hans beim besten Willen nicht mit dem Toten in Verbindung bringen konnte.
Wie gesagt, traurig aber schön war es auf jeden Fall.
Nur später, beim Leichenschmaus im ‚Wurstwirt', da hat einer von den Fischern beim Schnaps zum Totengräber gesagt: ‚Könnt'st deine Gruben schon ein bisserl tiefer grab'n, meinst net?'
‚Warum? Mir ist noch keiner davongelaufen', hat der nur gesagt.

Ja, und dann haben die Traudl und der Hans die Wirtschaft weitergeführt.
Geräucherte Würste hat's keine mehr gegeben, weil der Alte sein Wursträuchergeheimnis mit in den Wurstmacherhimmel genommen hat.
Auf Fisch haben sie umgestellt. Der Gustl übrigens auch. Bei dem ist das ziemlich nahtlos gegangen, von Würsten auf Fisch.

Überhaupt hat sich der Gustl zu einem Feinschmeckerhund entwickelt, und so manche Nonne hat ihm fassungslos hinterher geschaut, wenn sie ihm ein Stück trocken Brot hingehalten hat, und der Gustl ist ohrenschüttelnd davongewackelt.

Die Fische, die haben sie, der Hans und die Traudl, von da an von den Fischern aus der Stammtischrunde gekauft und selber geräuchert. Oder eingelegt, oder als Renken-Matjes mit Brot angeboten.
Mit ‚Wildwochen' haben sie es auch probiert, beim Wurstwirt, aber das war nur eine kurze Sache.
So hat sich zum Beispiel eine Touristin aus Osnabrück bei der Traudl über den Hasenbraten (mit Serviettenknödeln) beschwert: ‚Das kann man doch nicht essen, da sind ja lauter Schrotlöcher in dem Hasenbraten, der ist ja nahezu zerfetzt.'
Da hat die Traudl gesagt: ‚Ja, dann müssen S' halt warten, bis wir einen Hasen reinkriegen, den der Schlag getroffen hat.'
Und zum Hans in der Küche hat sie gesagt, das mit den Wildwochen, das kannst du voll in deiner Malerpfeife rauchen, das ist ab jetzt gestrichen.
Da hätte der Alte gelacht auf seiner Wolke, wenn er das mitgekriegt hätte.
Weil ich glaub, dass er sich gefreut hat, dass die beiden weitergeräuchert haben. Auch wenn's keine Würste mehr waren, sondern Fische.
Da, also präsent, meine ich, das war der Alte sowieso immer noch, auch wenn er weg war.

Sie haben oft von ihm gesprochen. Und manchmal, so gegen Mitternacht, wenn die letzten Gäste aus der Tür waren, da ist der Gustl zur Wursträucherkammer gedackelt und hat dort leise vor sich hin geknurrt.
Überhaupt hat man den Hans jetzt an den Vormittagen meistens hinter dem Wirtshaus gesehen, in dunkelgrünen Gummistiefeln und mit einer Fischerschürze.
Wie er die Brachsen und Renken durch das blutrote Wasser vom Spülbecken zieht und die Schuppen durch die Luft fliegen. Dann hängt er die Fische auf die Räuchergestelle und schiebt sie in das Rauchhäusl, ganz so, wie's der Alte mit seinen Würsten gemacht hatte.
Die Touristen, die waren ganz verrückt nach seinen Räucherwaren, und so manch einer hat gefragt, warum die Wirtschaft ‚Wurstwirt' heißt, wo's doch gar keine Würst' gibt, nicht wahr?
Geheiratet haben sie nie, die Traudl und der Hans, und Kinder haben sie auch keine. Nur den Gustl.
Die Gaststube, die ist mittlerweile vollgehängt mit Inselbildern von den Malerfreunden vom Hans, und an vielen Bildern klebt ein kleines Preisschild.
Besonders die Touristen, die von weither kommen, Japaner oder Amerikaner, die nehmen sich gern ein ‚original Chiemsee-Picture, handpainted' mit nach Hause.
Da erzählen sie dann auch die Geschichte von dem Inselmaler mit seinem ‚strange dog', der reden und singen kann. Wenn er will.
An Tagen wie heute sieht man, wenn man Glück hat, die beiden: Am Klostersteg auf der Fraueninsel, einen Maler, der den See, die Herreninsel und die mächtigen

Chiemgauberge dahinter malt. Und irgendwo ins Bild einen kleinen Dackel hinein gepinselt hat.
Unter der Staffelei liegt er, der Gustl, meist in eine Decke eingemümmelt, und bewundert seinen Chiemsee-Rembrandt.
Den Hans, der eigentlich nur eins sein wollte: ein Inselmaler.

Draußen nur Kännchen

„Wieder ein Wetter zum Heldenzeugen, was meinst du dazu, mein Ännchen?"
Der Bertl streckt die Flügel in die helle Morgensonne und zuckt zusammen, denn im linken Flügel, da meldet sich die Gicht wieder.
„Nenn mich nicht Ännchen", sagt die Anna, „das klingt so nach Entchen. Und was das Heldenzeugen anbelangt, das hat mein Onkel Fredo zu meiner Tante auch mal gesagt. Da hat er aber nicht gewusst, dass sie sich dann von einem befreundeten Kuckuck hat helfen lassen."
„Glaub ich jetzt nicht."
Entrüstet und ruckartig dreht der Bertl seinen Kopf.
„Und dann?", fragt er. „Das muss der doch gemerkt haben, der alte Federdepp. Ich meine: Hallo...! Kuckucksküken, also nein…!"
„Was? Der alte Onkel Fredo?"
Die Anna kann sich abschütteln vor Lachen. „Dass seine Frau fremdgeeiert hat? Der war doch stolz wie Oskar, der Fredo. Hat unten an den Pollern beim Hauptsteg mit der ganzen Möwenbande abgehangen und rumgetönt. ‚Meine Küken', hat er gesagt, ‚kaum geschlüpft, haben sie schon eine Fremdsprache drauf. Was sagt man dazu?' Übrigens, was machen wir heute?"
Jetzt krieg ich gleich wieder Rücken, denkt der Bertl.
Ist doch mal wieder so was von typisch Frau: Sonnt sich in ihrem Federglanz und will wissen, was läuft.

Was machen wir heute? Wo fliegen wir hin? Mach mal Programm, Bertl. Einmal, denkt er, der alte Bertl, nur einmal hätt ich gern einen Vorschlag von ihr, was wir heute machen.
Er lässt sich aber nichts anmerken und sagt nur: „Anna, meine Liebe, ich würde vorschlagen, wir machen heute mal wieder einen Betriebsausflug zur Herreninsel rüber. Da waren wir schon lange nicht mehr."
„Betriebsausflug? Hab ich den Gag verpasst?"
Federzicke, denkt der Bertl. Sagt er aber nicht.
Doch jetzt bricht's raus aus ihm. Endlich mal, also sagt er: „Meine Liebe, ist es nicht so, dass du dich von der Sonne und dem schwuchteligen Jungmöwenpack bewundern lässt und mich immer nur fragst: Was machen wir heute? Hab ich in letzter Zeit ein einziges Mal, ich meine, nur einmal von dir einen Vorschlag bekommen? Sag jetzt nichts, auch wenn's schwerfällt. Deshalb der Gag mit dem Betriebsausflug. Wir haben ja genau genommen einen Betrieb. Liegenschaften, jawohl. Geht so: Du liegst, und ich schaffe. Also: Herreninsel. Sag nicht: Da muss ich mich jetzt erst einmal ein bisschen fertigmachen!"
Die Anna betrachtet ihr sattglänzendes Federkleid und sagt nur ein Wort: „Flattermacho."
Damit fliegt sie los, die Anna. Und der Bertl hinterher.

Jetzt, wenn man die Route über die Krautinsel fliegt und dann scharf rechts abbiegt, kommt man auf der Wiese schräg unter dem Alten Schloss, am ehemaligen Chorherrenstift zum Landen.

Ungefähr da, wo das Partyzelt von König-Ludwig II.-Fan Hans Fellner und seiner Frau, dieser Frau Doktor Anästhedingsda gestanden hat.
Genau dieser Platz war aber okkupiert von einem Pärchen, das allem Anschein nach ein Picknick im Grünen geplant hatte.
Der Bertl, dessen hochsensibles Fressradar sofort angeschlagen hat, der hat den Landeanflug längst eingeleitet, mit der Anna im Schlepptau.
Keine fünf Meter entfernt von dem Pärchen kamen sie zum Stehen, unsere beiden.
„Schau", sagt die Anna, „was die alles dabeihaben. Das ist auch so was, was ich an den Menschenwesen nicht versteh. Warum müssen die kilometerweit fahren, nur um was zu essen, das sie genauso gut daheim in der Küche verdrücken können?"
So unrecht hat sie gar nicht, denkt der Bertl. Hat sich aber nichts anmerken lassen. Mitgeschleppt haben die beiden Menschenwesen so an die fünfzehn bis zwanzig Kilo: Wein, Gläser, Teller, Besteck, Servietten, Flaschen, Plastiktöpfe und Schüsseln, außerdem Brot und noch so einiges mehr.
„Die sitzen genau auf einer Ameisenstraße", sagt die Anna, „ob das bei den Menschenwesen wohl was zu bedeuten hat?"
Und tatsächlich waren auf der Schottenkarodecke schon einige der sehr wütenden Ameisen zu sehen.
„Olaf", sagt die Frau jetzt, „Olaf, warum in aller Welt können wir nicht da oben in diesem zauberhaften Restaurant sitzen? An Tischen, auf Stühlen, bedient wer-

den und einfach so tun, als wären wir in der Zivilisation?"
„Weil ich mit dir allein sein möchte. Weil ich dir hier und heute etwas ungemein Wichtiges zu sagen habe. – Du hast da eine Ameise!"
„Was? Wo? Igitt!"
Sieglinde Meisenstuhl, ihres Zeichens Lehrerin für Sport und Handarbeit an der Gesamtschule Ibbenbüren, schnippt die Ameise ins All. „Ich mag keine Ameisen. Die mischen sich immer in alles ein und sind überdies sehr … besitzergreifend, irgendwie jedenfalls", sagt sie.
Ihr Gegenüber, Olaf Kuchenbäcker, ist offensichtlich aus dem Konzept gebracht, fängt sich aber gleich wieder. Schließlich ist auch er Lehrer: Geschichte und BWL, ebenfalls in Ibbenbüren.
„Nun", sagt er, „diese geschichtsschwangere Umgebung, dieses bayrische Delphi, diese gründampfende Urkunst, das schien mir der richtige Platz, um zu sagen, was ich sagen möchte."
„Geschichtsschwanger? Wo denn? Ich hab hier nur einen brutal-royalistischen Zweckbau mit Migrationshintergrund gesehen. Und Urkunst? Weiß nicht, was das mit Kunst zu tun haben soll, wenn sich ein zahnkranker König ein Stück Versailles als frühes Fertighaus nachbauen lässt, nur um sich selber dann nachmittags um Viertel vor sieben Uhr im Starnberger See ersäufen zu lassen. Das ist Taubenzüchterromantik, mein Lieber. Und dann noch dieser halbsynthetische Feiertag zwecks Königsverehrung, der war doch wohl gestern,

nicht wahr?“

Der Olaf sieht seine Sieglinde milde lächelnd an und sagt: „Meine Verehrte, kann es sein, dass du mit diesen Eingeborenen hier im Chiemsee-Gebiet nicht recht klarkommst?“

Das kann sie so ja nun wirklich nicht im Raum stehen lassen, die Sieglinde, also erwidert sie ziemlich spitz: „Du meinst bestimmt die Sache von eben, oder ? Vorne, am Steg, wo ich den Angler mit diesem Gamsdingshut auf dem Kopf ganz freundlich gefragt habe: Na, beißen die Fische? Und der Eingeborene erwiderte: Nein, die können Sie ruhig streicheln. Das meinst du doch, oder? Euer dämliches Grinsen, das habe ich sehr wohl registriert.“

Jetzt schaltet der Olaf aber auf Deeskalation und reicht seiner Sieglinde ein Glas, na ja, eigentlich ist es mehr ein Becher mit lauwarmem Sekt und sagt:

„Sieglinde, wie lange kennen wir uns nun schon?“

„Sechs Jahre. Warum?“

„Weil“, sagt der Olaf, „weil ich dich hier und heute fragen möchte, in dieser göttlichen Umgebung, in dieser himmlischen Natur…“

Weiter kommt er nicht, der Olaf, denn die Sieglinde, die sieht jetzt eine Ameise, eine wahre Monsterameise, die sich einen Weg über Olafs Dritte-Welt-Hose in Richtung Gürtelschnalle bahnt.

Also legt sie eine Hand auf seinen Unterarm und sagt: „Du...“

„Nein, sag jetzt bitte nichts“, unterbricht sie der Olaf, der keine Ahnung hat von der Ameisenattacke. „Ich weiß, dass es dir genau so geht wie mir, Sieglinde und deshalb habe ich ja auf diesen einen Tag gewartet, weil…“

Aber die Sieglinde kann ihm beim besten Willen nicht zuhören, denn die Killerameise hat jetzt auf Olafs Gürtelschnalle einen gekonnten Schwenk nach oben gemacht und befindet sich mittlerweile auf dem Hemd, in Höhe des Brustbeins.

„Olaf, du hast da…“, sagt die Sieglinde und deutet auf Olafs Brust.

„Ja“, sagt er, „ich habe da ein Herz, das nur für dich schlägt, Sieglinde. Seit sechs Jahren nur für dich. Und heute habe ich all meinen Mut zusammengenommen und frage dich…“

Die Ameise, die ist mittlerweile auf Olafs Hemdkragen angekommen und betritt die Haut an Olafs bleichem Hals.

Die Sieglinde, die das nicht mehr länger mit ansehen kann, legt ihre rechte Hand unter Olafs Kinn und will die Ameise abfangen. Olafs Gesicht erstrahlt, und er sagt: „Du fühlst genauso wie ich, das sehe ich jetzt. Warum hast du dich so lange zurückgehalten? Du warst so spröde zu mir, all die Jahre. Aber hier, hier und jetzt, taust du auf. Sieglinde, ich frage dich hier, auf diesem geschichtsschwangeren Boden: Willst du meine Frau werden?“

„Nein.“

Klare Ansage.

„Nein?“ Olafs Herz implodiert, zurück bleibt Mondstaub. Fassungslos stottert er: „Aber warum nicht? Ich meine…“

„Einer der Hauptgründe ist, dass ich nicht Sieglinde Kuchenbäcker heißen möchte. Meinst du denn nicht, dass ich als Sieglinde Meisenstuhl gestraft genug bin? Jetzt stell dir doch bloß mal vor, wir hätten einen Doppelnamen und auch noch Kinder. Die hießen dann Kuchenbäcker-Meisenstuhl. Eine Strafe fürs ganze Leben, sowas. Die könnten doch nur noch in die Politik gehen, die armen Kleinen, und auch da nur in der FDP Karriere machen. F…D…P… fast drei Prozent, das heißt das doch, oder? Nein, Olaf, ich mag dich. Aber mehr so, wie man einen Freund mag, oder einen Beo… oder so.“

„Einen Beo? Du vergleichst mich mit einem Vogel, der vor sich hinplappert und mit seinem schwarzen Schwanz wackelt?“

„Werd‘ jetzt bitte nicht persönlich, Olaf. So intim kennen wir uns nun auch wieder nicht. Nein, was ich meinte, das war mehr symbolisch, aber mit Symbolik konntest du ja noch nie was anfangen. Übrigens sitzen wir scheinbar genau auf einer Ameisenstraße, werden außerdem von zwei gefräßigen Möwen belagert, und mir ist die Lust auf ein Picknick vergangen. Ich will jetzt, bitteschön, in diese Schlosswirtschaft da oben. Ich will auf einem Stuhl sitzen. Auf dieser zauberhaften Terrasse. Und nicht hier unten wie eine Billig-Geisha auf dem Boden hocken bis mir die Füße einschlafen.“

„Gefräßige Möwen?“

Die Anna schaut ihren Bertl an.

„Mach was. Sofort!“, sagt sie und haut ihm einen Flü-

gel über den Rücken.
„Was soll ich denn machen?“, fragt der Bertl. „Außerdem ist das genau der Typ Frau, der mich an meine Mutter erinnert.“
Der Olaf, ziemlich eingeschnappt, der hat jetzt alles, was er vorhin ausgepackt hat, hastig wieder in die große, blaue Sporttasche geworfen, den Reißverschluss zugezogen und ist aufgestanden.
„Die Decke nimmst du bitte mit nach oben, die passt nicht mehr in die Tasche. Geh schon mal voraus und such uns, oder besser dir, einen netten Tisch auf der Terrasse. Ich bring die Tasche hier schnell runter an den Dampfersteg. Vielleicht kann ich sie da irgendwo deponieren. Wenn nicht, stell ich sie einfach bei den Kassenhäuschen irgendwo hin, und wir nehmen sie später mit. Schade um die vielen schönen Sachen, die ich eingekauft habe. Aber auf Picknick habe ich jetzt keine Lust mehr. Bis gleich.“
Damit stapft der Olaf mit seiner prallgefüllten Tuchtasche von dannen. Die Sieglinde faltet die Decke zusammen und denkt: So drastisch hätte ich ihm das jetzt auch nicht beibiegen müssen.
Oben, auf der Terrasse vom Schlosshotel, ist gut Betrieb. An einem Tisch nahe der langen Glaswand sind noch Plätze frei. An einem Sechsertisch sitzt ein Pärchen und unterhält sich.
Das sind echte Bayern, so wie das klingt, denkt sich die Sieglinde und fragt: „Entschuldigen Sie, sind hier noch zwei Plätze frei?“
„Ja freili‘“, sagt der Mann, „hock di her da, Madl!“

Die Sieglinde nimmt Platz und sieht durch den Glaswindschutz den Olaf unten an der Straße mit der riesenhaften Stofftasche auf der Schulter. Schon am Schritt erkennt man, dass er ziemlich geladen ist, der Olaf.
„Was daaf's sein ful Sie?"
Unbemerkt ist die Bedienung, eine Asiatin im Dirndlkleid, an den Tisch getreten.
„Eine Tasse Kaffee, bitte", sagt die Sieglinde.
„Draußen nur Kännchen."
Das klingt bei der asiatischen Bedienung so: „Dlaußen nul Kaanchen."
„Ja gut, dann eben ein Kaanchen", sagt die Sieglinde.
„Die ist bestimmt aus Patagonien", meint der Bayer gegenüber der Sieglinde zu seiner Sitznachbarin. Damit meint er die Bedienung.
„Warum?", sagt die, also die Sitznachbarin.
„Weil ich neulich eine Touristengruppe zur Schlossführung gehabt hab, die war aus Patagonien. Und die hat nicht einmal englisch verstanden. Das frustelt dich dann schon. Da geb ich lieber einen Kurs für Soufflé bei Gegenwind oder Zwergenwerfen auf der Kampenwand."
Die Sitznachbarin lächelt die Sieglinde an und sagt: „Irmi Siferlinger, so heiß ich, und das da, das ist der Wimmer Schorsch. Wir sind Touristenführer im Schloss drüben. Und Sie?"
„Ich bin die Sieglinde aus Ibbenbüren. Und gleich kommt mein – ach, ich weiß nicht, was er eigentlich ist, aber er kommt bestimmt gleich nach."

Jetzt ist auch schon der Kaffee da und die Sieglinde hört ihre eigene Stimme und glaubt es nicht, wie sie da zur Miss Saigon sagt: „Bringen Sie uns bitte drei Obstler, aber doppelte."
Und zu den beiden auf der anderen Seite des Tisches sagt sie: „Ich habe gerade ein traumatisches Erlebnis hinter mir. Trinken Sie einen mit mir?"
„Allaweil", sagt der Wimmer Schorsch, „was san Sie denn von Beruf, so wie Sie reden?"
„Lehrerin an der Gesamtschule Ibbenbüren und mein... Dings, also der Olaf, der gleich kommt, der ist auch Lehrer."
„Meine Cousine ist auch eine Studierte", sagt der Wimmer Schorsch, „seltene Sprachen, das hat sie studiert, das dumme Luder, das. Rätoromanisch. Das ginge ja noch. Oder Altgriechisch, schon ein bisserl weniger verwertbar. Aber Prano. Das Prano, das ist ein ganz seltener Dialekt, hab ich mir sagen lassen. Der wird eigentlich nur von einem ziemlich scheuen Pygmäenstamm am unteren Amazonas gesprochen. Das weiß man aber noch nicht genau. Weil die paar Pranas, oder wie die heißen, die's da noch gibt, sind sowieso meistens ganzjährig auf ihren Bäumen und verreisen sehr ungern, wie man hört. Hier im Schloss Herrenchiemsee, zum Beispiel, hat man auf jeden Fall noch keinen einzigen von denen gesehen."
„Ist ja interessant", sagt die Sieglinde und nimmt der Bedienung die drei großen Schnäpse ab.
„Bringen Sie gleich noch drei, bitte."
„Dlei, kommt sofolt", so klingt das jedenfalls, was aus

dem asiatischen Dirndl rauskommt.
„Und hoch die Tassen!“, sagt der Wimmer Schorsch. Und die Siferlinger Irmi, die sagt: „Prost zur Mitte, an die Titte!“
Weg ist der Doppelte.
Die Sieglinde, die findet die beiden Eingeborenen jetzt schon sehr nett und will das auch intellektuell zum Ausdruck bringen. Also sagt sie: „Bei uns oben, im Norden, da ist die CSU ja nicht so üppig vertreten. Aber ich, ich finde Ihren Generalsekretär, den Alexander Dobrindt einfach genial. Hat der doch die FDP eine Gurkentruppe genannt. Und das Monate bevor dieser EHEC-Bazillus ausgebrochen war. Ein Visionär, dieser Mann, ein Seher sozusagen.“
„Das ist er schon irgendwie“, sagt der Wimmer Schorsch, „aber euer Sigmar, der Gabriel, der ist auch nicht schlecht: Passt viel rein und kommt wenig raus.“
Passend zu dieser scharfsichtigen politischen Analyse kommt die dritte Runde dieses göttlichen Obstlers. Doppelt, natürlich.
Und noch was kommt, nämlich der Olaf.
Außer Atem ist er, der Ärmste und keucht: „Guten Abend. Kuchenbäcker mein Name. Gestatten?“
Und setzt sich hin.
Jetzt bekommt die Siferlinger Irmi einen Lachanfall, als sie den Namen „Kuchenbäcker“ hört, was dazu führt, dass das ohnehin schon rote Gesicht vom Olaf noch röter wird.
„Schön, dass Sie mein Name so erheitert“, sagt er und zur Bedienung, der Miss Saigon. „Bringen Sie bitte

noch vier von den Dingern da, was immer es ist. Und für mich eine Tasse Kaffee, bitte."
„Dlaussen nul Kaanchen", sagt die Sieglinde, und die Bedienung nickt und sagt: „Lichtig."
Das hat der Olaf aber gar nicht mitgekriegt, weil die Irmi zu ihm gesagt hat: „Ich lach ja bloß, weil mir die Geschichte eingefallen ist, wo der Ehemann nach Hause kommt, und die Frau, die sagt zu ihm: Du Schatz, im Bad, da tropft der Wasserhahn. Kannst du das reparieren? Der Mann sagt: Bin ich Klempner oder was? Ein paar Tage später kommt er nach Hause, und seine Frau meint: Du, Liebling, das Licht im Gang, das flackert immer so komisch. Kannst du da mal nachsehen? Darauf er: Bin ich Elektriker oder was? Und die Woche drauf, da tropft der Wasserhahn im Bad nicht mehr, und das Licht auf dem Gang, das flackert auch nicht mehr. Sagt er zu ihr: Hast du Handwerker hier gehabt? Nein, sagt sie, der nette junge Nachbar unter uns, der hat das alles repariert. Ach, sagt der Mann, was wollte er denn dafür haben? Tja, sagt die Ehefrau, er hat zu mir gesagt: Entweder ich back ihm einen schönen Obstkuchen oder ich lass mich mal so richtig von ihm durchbumsen. Was hast du ihm denn für einen Kuchen gebacken?, fragt der Mann. Da sagt die Frau zu ihm: Bin ich Bäcker oder was?"

Der Schorsch und die Irmi und die Sieglinde, die biegen sich vor Lachen und nehmen synchron ihre Schnäpse zur Brust.
Weg damit.

Der Olaf schaut leicht beleidigt und sagt leise zur Sieglinde, so dass die anderen beiden das nicht hören können: „Ich hab die Tasche hinter das Kassenhäuschen unten am Dampfersteg gestellt. Da stört sie nicht, und bevor wir mit dem letzten Schiff nach Prien rüberfahren, müssen wir nur dran denken, sie mitzunehmen. Stell mir doch mal deine neuen Freunde vor!"

Das tut sie, die Sieglinde, und jetzt kommt auch die vierte Runde von diesem zauberhaften Obstler.

Und das Kännchen Kaffee, für den Olaf.

Der will jetzt seinerseits auch irgendwas Interessantes sagen und meint: „Also, ein Schwippschwager von mir, der hat einundzwanzig Semester Psychologie studiert und dann über diesen wunderbaren Landstrich und seine Bewohner sogar seine Doktorarbeit geschrieben."

„Was d' nicht sagst", meint der Wimmer Schorsch, der genau genommen kein Wort verstanden hat.

„Doch, ja", sagt der Olaf, „der hat seine Doktorarbeit über das Balzverhalten geschlechtsreifer Touristenmännchen gegenüber Einheimischen überwiegend weiblichen Geschlechts an stehenden Gewässern und Binnenseen in Bayern geschrieben. Was die nicht gerade zurückhaltende Spezies der einheimischen Segler durchaus einschließen sollte, wie ich meine."

„Du hast da eine Ameise", sagt die Sieglinde zu ihrem Olaf, „eine braune Waldameise sogar. Und das sind gefürchtete Pisser."

Auf den Schrecken hin bestellt sie gleich noch eine Runde von diesem herrlichen Schnaps.

Der Olaf, der hat sich inzwischen die Speisenkarte ge-

schnappt und sagt zur Bedienung: „Warum heißt das hier Räuberspieß?"
„Walten Sie ab, bis Sie die Lechnung kliegen", sagt sie und lächelt asiatisch.
„Dann nehm ich ein Käsebrot", sagt der Olaf und hebt sein Schnapsglas, sagt aber noch zu der Bedienung: „Warten Sie mal, vielleicht sollt' ich doch lieber was Regionales nehmen. Was ist denn dieser Ogepatzte hier?"
„Das heißt Obatzda", sagt die Irmi, „und das ist so ähnlich wie Lübecker Marzipan, nur mit Käsegeschmack."
„Prost, Mahlzeit, allerseits!", sagt der Olaf und zur Bedienung. „Dann eben so einen Ogebatzten für mich. Sie kommen aber auch nicht direkt von der Herreninsel, oder?"
Die Dirndlasiatin verdreht die Augen und geht zum nächsten Tisch.
„Unsere Bedienung, die hat's in sich", sagt der Wimmer Schorsch. „Letzte Woche, da hab ich hier was zum Essen bestellt und dann gemerkt, dass die Tischdecke voller Flecken ist. Das hab ich ihr gesagt, wie sie meinen Wurstsalat gebracht hat. Auf der Tischdecke sind Flecken, hab ich gesagt. Und sie: Ja und, wollten Sie die Tischdecke mitessen?"
Die drei, der Schorsch, die Irmi und die Sieglinde, die biegen sich wieder vor Lachen. Der Olaf, der erst einen Doppelten intus hat, der lächelt etwas gequält.
„Sie sind also Fremdenführer hier auf der Insel?" Damit schaut der Olaf den Wimmer Schorsch an und will die Konversation wieder in geregelte Bahnen lenken.

„Ja freili‘“, sagt der Schorsch, „über den Kini und seine Marotten weiß ich mehr als wie sein Püschiater…, Psychiotter…, also, jetzt setz ich dann einmal einen Schnaps aus, glaub ich. Was willst denn wissen?“

„Nein, ich hab mich nur gefragt, ob der…“, sagt der Olaf, wird aber unterbrochen, weil ein Geräusch aufkommt, das überhaupt nicht in die Chiemseelandschaft passt: Wuppp… wuppp… wuppp… wuppp. Immer lauter wird es und kommt näher.

Der Wimmer Schorsch, der legt den Kopf schräg und sagt: „Des san Hubschrauber, mindestens zwoa oder drei, hast mi‘?“

„Was wollen denn die hier?“, fragt die Sieglinde.

Die Irmi überlegt und sagt: „Vielleicht wieder einmal eine Politikerdelegation. Oder Araber, die sich überlegen, ob man die Inseln kaufen und ein Duty-free-Paradies draus machen sollte.“

„Oder das sind Sportler“, meint der Olaf, „ich sag da nur: Frauenfußball. Die machen doch so Events mit denen, oder wie das heißt. Auf so einer Insel geht das am besten, da hat die Polizei alles im Griff, da kann nix passieren. Mal schaun, ob‘s vielleicht die Brasilianerinnen sind.“

„Du und deine Brasilianerinnen“, sagt die Sieglinde, „ich kann‘s schon nicht mehr hören. Schau dir doch diese Marta mal an. Die läuft so wie ich mir vorstell, dass der John Wayne laufen würd, wenn er ein junges Mädchen wär.“

„Also, ich wollte auch mal Berufssportlerin werden, das war mein Traum“, spricht die Sieglinde weiter, „aber

zu mehr als zum elften Platz beim Nordisch-Synchronstricken in Enschede hat's nicht gereicht. Jammerschade. Aber das Schicksal ist eine dumme Sau, sag ich immer."
„Hast wenigstens was gewonnen?", will der Wimmer Schorsch wissen.
„Einen Eierkocher hat sie gekriegt", prustet der Olaf los, „einen Eierkocher. Und das hat sie ziemlich erschüttert, wo sie doch so eine Feministin ist. Und Prost. Weg damit auf Ex."
Damit verschwindet die vierte Runde Obstler (doppelte!) in den Hälsen.

Unten, auf der Wiese vor der Schlosswirtschaft, da landen jetzt drei Polizeihubschrauber. Heraus springen zehn oder zwölf Männer in schwarzen und gelben Overalls. Die schleppen Kisten und Taschen in Richtung Dampfersteg, während die Polizisten in Schwarz den Steg räumen und dem Schiffskapitän Zeichen geben, dass er rausfahren soll. Dann ziehen sie gelb-schwarze Absperrbänder ums ganze Areal unten. So genau kann man das von hier aus nicht sehen.
„Boah! Das sieht ja aus wie im Fernsehen, wie im ‚Tatort'", sagt der Olaf, „schade, dass man nicht besser sehen kann, was die da machen. Aber irgendwas muss da schon sein, sonst würden die nicht alles absperren. Fußballerinen sind da aber keine dabei. Da geht's um was anderes. Um ein Verbrechen vielleicht?"
Einer der Polzisten hat ein Megaphon aus dem Hubschrauber geholt und setzt es an den Mund. Im Bier-

garten, hinter dem Glaswindschutz, hört man die Worte nur abgehackt und verzerrt.
Die Irmi, die hat ihren Kopf über die Glasbrüstung gestreckt und ruft zu den anderen am Tisch: „Er sagt, gengan S‘ alle weiträumig zurück, weil mia da am Kassenhäusl einen Gegenstand kontrolliert zur Sprengung bringen müssen."
Schnell klettert sie von ihrem Stuhl, die Irmi, und sagt: „I geh da jetzt schnell runter, i kenn den im Kassenhäusl, der steht vorn an der Absperrung. Den frag i jetzt. I komm glei‘ wieder."
Weg ist sie, die Irmi.
Der Wimmer Schorsch, der erzählt jetzt irgendwas von der wechselvollen Geschichte des Augustiner-Chorherrenstifts auf der Insel. Von der Zeit im Spätmittelalter und Barock, und was hier alles schon passiert ist, bevor Ludwig der Zweite im Jahre 1873 die Insel gekauft hat, um sie vor dem Abholzen zu retten.
Aber der Olaf und die Sieglinde, die hören ihm gar nicht zu. Der Sieglinde, der schwant was Böses, und er, der Olaf trinkt hastig seinen Obstler aus.
Da hört man eine Explosion. Whammm!
Nicht besonders laut, aber da unten, bei den Kassenhäuschen, da ist gerade was in die Luft geflogen.
Die Gäste an den Nebentischen rennen zur Glaswand und schauen runter.
Hektische Fragen: Terroristen? Eine Geiselnahme? Ein Überfall?
Alle reden durcheinander, und die Bedienung, die Miss Saigon, die schnattert in einem schnellen Chinesisch in

ihr Handy.
Und jetzt, jetzt ist auch die Irmi wieder zurück.
Ganz außer Atem ist sie, die Ärmste.
Noch im Hinsetzen nimmt sie ihren doppelten Obstler zur Brust und trinkt ihn auf Ex aus.
„Pfohhh!", sagt sie, „das glaub ich jetzt nicht. Also, da ist folgendes passiert, das hat mir der Sepp vom Kassenhäusl grad erzählt. Da hat jemand eine Tasche genau hinter das Häusl vom Sepp gestellt. Keine Ahnung, wer. Aber wie der Sepp vom Klo wiederkommt, sagt er, da steht die Tasche da. Groß, riesengroß das Ding und sehr verdächtig. Der Sepp, der kennt sich mit Krimis aus, der schaut erst mal, ob da jemand ist, dem die Tasche gehören könnt.
Da ist aber keiner. Obwohl, sagt der Sepp, er könnt schwören, dass er einen langen Dürren hat davonlaufen sehn. Der Brenner Sepp, der denkt also: Hoppla, des san Terroristen! Bei dem ganzen Zeug in Afghanistan und so, und jetzt san die hier. Des hat uns grad noch gefehlt. Also ruft er sofort bei der Polizei in Prien an. Die ham sich die Tasche beschreiben lassen und dann gesagt: Sehr verdächtig! Gehen S' nicht näher hin als es unbedingt sein muss und treiben S' die Leut', die in der Nähe stehn, weg. Wir rufen das SEK und den Sprengmittelräumdienst, die san mit ihre Hubschrauber aus Tölz ruck-zuck da."
Mittlerweile hat sich eine Menschentraube um den Tisch gebildet. Jeder möchte hören, wie die Insulaner hier mit dem internationalen Terrorismus umgehen.
Die Irmi, die genießt ihre Rolle und spricht ein biss-

chen lauter weiter: „Ja, und dann ham s‘ es gesprengt, das verdächtige Objekt. Und was meinst, was da durch die Luft geflogen ist? Lauter Essen und Plastikgeschirr. Eine Schinkenscheibe hätt mich beinah erwischt, so nah is die an mir vorbeig‘flog‘n. Und der Oberpolizist, ein gutaussehender Lackel übrigens, der hat zum Sepp gesagt, jetzt kumma S‘ mit auf Tölz, weil wir da ein Phantombild von dem Täter machen, an unserem Spezialcomputer. Und der Sepp, der hat noch gesagt, beim Fliegen, da wird mir immer schlecht, deswegen kann ich auch nicht mehr nach Mallorca. Das war der Polizei aber wurscht. Und jetzt nehmen S‘ den Sepp mit nach Tölz. Und den Täter, also, den Dürren, wenn sie den erwischen, der kommt ins Gefängnis und zahlt sich außerdem dumm und deppert. So, jetzt trinken wir noch einen, oder?“

Die Umstehenden klatschen, die Irmi steht kurz auf und verbeugt sich, und der Olaf, der drängt sich durch die Umstehenden und sagt: „Lassen Sie mich bitte durch, mir ist schlecht.“

Einer der Männer, die der Sieglinde am nächsten stehen, sagt: „Warum machen S‘ denn bei uns in Bayern Urlaub, wenn Ihr Mann die Luft nicht verträgt?“

Neulich, am Stammtisch in der „Linde“

Der Bertl, der ist immer noch geschockt von den Ereignissen auf der Herreninsel. Er wirkt irgendwie abwesend, wie er da so am kleinen Steinstrand rechts vom Dampfersteg sitzt.
Die Wellen dümpeln an die runden moosigen Steine, und im seichten Wasser kann man Mengen von kleinen Fischen sehen, die sich um Essbares streiten, das an der Wasseroberfläche schwimmt.
„Sag mal, glaubst du an eine Vorbestimmung, eine schicksalhafte Fügung? Oder daran, dass jemand über uns wacht und unser Leben lenkt und beeinflusst?“
Das fragt der Bertl jetzt allen Ernstes die Anna.
Die wiederum hat ein Stück Toastbrot im Visier, das mit Sicherheit von der gesprengten Picknicktasche stammt. Der Wind, der hat nämlich dieses und jenes aus der Tasche übers ganze Areal unten beim Steg und bei den Kassenhäuschen verteilt.
„Jetzt mach hier mal nicht auf intellektuell! Das steht dir nicht, das kauft dir auch keiner ab, der dich kennt. Und überdies“, jetzt hat die Anna das Toastbrotstück erwischt und kaut es genussvoll und spricht mit vollem Schnabel weiter: „Überdies kann eine überdurchschnittliche Intelligenz bei uns Vögeln auch von Nachteil sein. Beruflich, meine ich jetzt.“
„Was?“
Der Bertl dreht ruckartig seinen Kopf: „Jetzt versteh ich gar nichts mehr. Ich bin soeben dem sicheren Tod von der Schippe gesprungen. Aus dieser komischen

Tasche, da hat nämlich ein Stück Schinken oder sowas im Reißverschluss geklemmt, und das wollte ich mir holen. Dann kommt dieser Menschentrottel und scheucht mich weg. Wahrscheinlich hat er den Schinken auch gesehen. Aber ich, ich hab ihn zuerst bemerkt. Und kurz drauf, ich bin noch gar nicht so richtig in der Luft, da fliegt mir das ganze Zeug um die Ohren. Das Schinkenstück hat mich sogar überholt. Musst du dir jetzt mal vorstellen. Und du kommst mir mit dem Spruch, dass Intelligenz bei uns Vögeln nur schadet. Könntest du mir das freundlicherweise in schlichten Worten erklären?“
„Klar“, sagt die Anna, „der Coco, das ist ein entfernter Verwandter von mir, der ist von Beruf Papagei.“
„Wie jetzt?“, fragt der Bertl, „du meinst, eine Möwe, die als Verwandlungskünstler auftritt?“
„Nein, Mann“, seufzt die Anna, „der Coco, das ist ein richtiger Papagei. Das war so: Das ist ein Gendefekt in meiner Familie mütterlicherseits, glaub ich. Da hat wohl früher mal ein Papagei bei uns eingeheiratet, und gentechnisch, da hat das bei dem armen Coco durchgehauen. Sowas geht immer drei oder vier Generationen, musst du dir vorstellen, die diese Gene überspringen, und dann kommen die alten Gene irgendwann wieder durch. Der Coco, das war schon eine arme Sau, wie der gemerkt hat, dass der anders tickt als wir alle.“
„Nein, oder?“, sagt der Bertl und weiß jetzt auch nicht: Veräppelt die mich oder was?
„Ich schwör‘s dir.“
Die Anna hält den rechten Flügel zum Schwur hoch

und schluckt das letzte Stück Toastbrot runter: „Geht ja noch weiter. Also, irgendwann war der Coco dann aus Überzeugung Papagei. Wegen Rassenstolz und so. Wie bei den Schwarzen in Amerika: Black Power, verstehst? Wissen ist Macht, hat er immer gesagt. Hat dann auch ziemlich schnell sprechen gelernt, und ein paar Wochen später einen Super-Job beim Schroberwirt in Übersee bekommen. Empfangschef und Entertainer. Oder sowas Ähnliches. Auf jeden Fall haben sie ihm eine Stange mit einem Querbalken gebaut, gleich am Eingang von der Wirtschaft, und da hat er den ganzen lieben langen Tag draufgesessen."

„Klingt, so gesehen, für mich jetzt nicht besonders intelligent", meint der Bertl.

„War's aber", sagt die Anna. „Die Gäste, die haben das gemocht, wenn sie in die Wirtschaft reingekommen sind, und der Coco hat sie begrüßt und gesagt: Guten Tag, was läuft? An jeden Fuß, da haben sie ihm einen langen Wollfaden hingehängt. Wenn man am rechten Faden gezupft hat, hat der Coco Guten Tag gesagt, und zwar auf Deutsch. Und wenn jemand am linken Faden gezogen hat, hat der Coco englisch gesprochen: Good Afternoon. Das hat er akzentfrei hingekriegt."

„Beeindruckend. Und dann…"

„Tja", sagt die Anna, „eines Tages kam eine nette alte Dame, ganz in Schwarz gekleidet, und sagte zum Coco: Was passiert denn, wenn ich jetzt an beiden Schnüren gleichzeitig ziehe? Sagt der Coco zu ihr: Dann haut's mich von der Stange, du dumme Kuh. Der Wirt, der hat sich gleich entschuldigt, und die nette alte Dame

sagte zum Coco: Du bist aber ein vorlauter Schlingel. Kannst du denn richtig sprechen? Klar, kann ich sprechen, sagte der Coco. Und du, kannst du denn fliegen, du alte Krähe?
Und dann haben sie ihn ins Hinterzimmer strafversetzt. Offener Vollzug, sozusagen."
Jetzt merkte der Bertl, dass er veräppelt wird, und das kann er ja nun überhaupt nicht abhaben.
„Los, jetzt fliegen wir zur Fraueninsel hinüber. Um die Zeit sitzen in der ‚Linde' immer die Stammtischbrüder. Heute ist Mittwoch, da ist Fischerstammtisch. Das sind alles keine Brotesser, da fliegt immer was aus dem Fenster", sagt der Bertl und flattert auch schon los.
Jetzt muss man folgendes erklären:
Der Laxner Toni, der hat den besagten Stammtisch in der „Linde" vor ungefähr zwanzig Jahren gegründet. Als Fischerstammtisch war das damals angedacht. Getroffen hat man sich immer Mittwoch, so um sieben Uhr, nach dem Abendessen.
Damals waren noch alle Stammtischbrüder Fischer, und am Mittwochabend, da ging's immer hoch her in der „Linde".
Da wurde über Fangtechniken diskutiert, über die neue Brut, die Bestände und die viel zu billigen Fischpreise. Heute, da ist es so, dass der Laxner Toni der einzige Fischer am Tisch ist. Überhaupt sind von den sieben Stammtischbrüdern mittlerweile fünf weggestorben, und der Dürr Alfons, der auch mal Fischer gewesen ist, der malt jetzt Bilder. Wenn man den kleinen Weg zur Klosterwiese hochgeht, kommt man direkt an seiner

Galerie vorbei.
Neben dem Dürr und dem Laxner ist noch der Bauer Manni ein Mittwochs-Stammtischler. Sozusagen nachgewachsen ist der, und mit seinen achtunddreißig Jahren ist er der Jüngste in der Runde.
Ein Stammtisch in Bayern, das müssen mindestens drei sein, die da am Tisch sitzen.
Vier oder fünf, das wär natürlich besser, aber Nachwuchsprobleme hat's heutzutage überall, davon bleiben nicht mal die Stammtische verschont.

Der Bauer, der ist hier auf der Insel geboren und wollte auch mal Fischer werden. Später hat er dann gedacht, Automechaniker, das wär doch was.
Weil es nun aber auf der Fraueninsel überhaupt keine Autos gibt, hat er sich das dann in letzter Minute doch noch anders überlegt.
Die Chiemseeschiffe, die hat er immer schon gerne gesehen, der Manni. Besonders der nostalgische Raddampfer der Flotte, der stolze „Ludwig Feßler", der hat's ihm angetan.
Machen wir's kurz: auf dem „Ludwig Feßler", da gab's damals grad keine Jobs. Weil den Bauer Manni aber alle gerne mochten, hat man sich überlegt, wohin man ihn stecken könnte, bis auf dem Schiff was frei wird. Denn er wollte ja auf der Insel wohnen bleiben, nicht auf dem Festland arbeiten gehen.
Einer der Feßler-Chefs hat dann gesagt: Jetzt schauts euch doch den einmal an! Ein Baum von einem Mannsbild. Und eine Stimme wie Thor, der Donnergott.

Den machen wir zum Chef vom Hauptsteg, was Besseres kann uns gar nicht passieren.
Und da ist er nun seit dreizehn Jahren, der Manni. Im August, wenn die Japaner und Chinesen kommen, da läuft er zur Hochform auf. Die Asiaten, die mögen's, wenn ihnen einer sagt, wo's langgeht, das ist die Meinung vom Bauer Manni. Man muss das bloß mal mit ansehen, wenn aus der „MS Edeltraud" oder aus dem „Ludwig Feßler" ein paar dutzend Asiaten herausquellen, und die sind dann nicht schnell genug vom Hauptsteg runter.
Sowas geht schon gleich gar nicht, weil ein Stau auf seinem Steg der natürliche Feind vom Manni ist, und das nimmt er ganz schnell persönlich.
Der Manni grollt dann nur einmal kurz mit seiner Donnerstimme: „Jetzt gehts hoit weida! Zefix nochamoi, eich koma wirklich die Essstaberl in der Taschn auswechseln, des merkts ihr gar ned."
Da strahlen sie, die Japaner und lassen sich mit dem Zwei-Meter-Mann fotografieren. Das funktioniert aber nur mit Weitwinkel, und das auch nur hochkant, weil, sonst sieht man entweder nur den Manni oder nur den Japaner auf dem Foto.
Soviel zu den dreien am Stammtisch.
An diesem heutigen wunderschönen Spätsommerabend, da hat sich der Laxner in seiner Eigenschaft als Stammtisch-Ältester spontan entschieden: Heut sitzen wir draußen, weil es ein so schöner Abend ist.
Das wiederum passt dem Bertl und der Anna gut, denn draußen, da fällt immer was ab.

Also landen sie keine zwei Meter vom Laxner auf dem feinen Kies unter den mächtigen Bäumen im Biergarten der „Linde".
„Das da am Tisch, das ist der Laxner", sagt der Bertl zu seiner Anna, „der braucht erst seine drei oder vier Weißbier, bevor der uns was runterwirft. Aber die anderen, die müssen ja auch gleich kommen."
Jetzt ist es mit dem Laxner so, dass er eigentlich ein Berufspessimist ist.
Das erklärt man am besten so: Ein Pessimist wie der Laxner Toni, der sagt: Alle Frauen sind schlecht. Ein Optimist sagt: hoffentlich.
Das Fischen, das kannst du so langsam vergessen, sagt er auch immer, der Laxner. Ist alles nicht mehr so wie früher. Mit dem ganzen Algenbefall, der den Sauerstoff aus dem See frisst, da können wir ja keinen Fisch mehr nachziehen, sondern müssen die Jungbrut aus Zuchtanstalten kaufen. Und überhaupt, was ist denn von den fast achtzig Fischsorten, die mal im See gewesen sind, noch über?
Auch der Hecht ist so selten geworden, dass er einen Unterwasserschreikrampf kriegt, wenn er zufällig mal einem anderen Hecht begegnet, sagt der Laxner.

Anfangs, da haben sie noch Karten gespielt, am Mittwoch.
Das ist aber nicht lange gutgegangen.
Erstens, weil es mit drei Mann nicht so richtig flutscht, und zweitens, weil der Laxner gesagt hat: Es hat ja keinen Sinn, ich verlier ja eh immer.

Die Bedienung, die weiß seit vielen Jahren, was der Laxner will und fragt ihn schon gar nicht mehr. Ein Weißbier und ein Stück Sandkuchen. Das stellt sie ihm jetzt hin, und der Laxner Toni nickt und schaut seinen Sandkuchen trübsinnig an: „Der schaut mir schon so trocken aus, der Kuchen. Die Backmischung habts doch bestimmt im Baumarkt machen lassen, oder? Was meinst, wie das hier draußen gleich staubt, wenn ich da jetzt reinbeiß?"
„Dann mach's Maul zu beim Essen, dass d' die andern Gäst' ned einstaubst!", sagt die Bedienung, die ihre Pappenheimer kennt.
„Und überhaupt", sagt sie zum Laxner, „der Mühlheimer Otto, vorn von den Ferienwohnungen am Nordsteg, der macht jetzt auch auf Trennkost."
„Warum des?", fragt der Laxner.
„Seine Frau hat eine Postkarte von einer Urlaubsbekanntschaft vom Otto abgefangen, und jetzt gibt's bei den Mühlheimers nur noch Trennkost. Das geht so: Er isst im Bootshaus und sie in der Küche."
Der Laxner würde jetzt gern lachen, das tut er aber nicht.
Auch weil der Bauer Manni und der Dürr Alfons, die über den Kiesbelag gehen, der unter ihren Schuhen knirscht, just in dem Moment in Sicht kommen.
„Grüß dich, Toni! Wie geht's dir denn?"
Das ist der Manni, der die Frage gestellt hat, obwohl er die Antwort schon weiß.
„Schlecht", sagt der Laxner, „gottseidank. Könnt schlimmer sein."

Dem Dürr Alfons nickt er zu, der Laxner, und zum Bauer Manni sagt er: „Schaust gar nicht gut aus heut. Aber Kopf hoch! Ich denk mir immer: Das Schlimmste kommt erst noch."
„Zwei Halbe Bier?" Das war die Bedienung, die immer noch am Tisch steht.
Die beiden Neuankömmlinge nicken und setzen sich hin.
„Sag einmal, warst du nicht im Urlaub?", fragt der Laxner den Dürr, aber der winkt nur müde mit der Hand ab: „War ich. Gestern Nacht sind wir zurückgekommen, meine Alte und ich. Wär ich doch lieber daheimgeblieben. Da wennst mir nicht aufhörst, mit dem Spanien."
„Warum?" Das war jetzt der Bauer Manni.
„Losgegangen ist es eigentlich schon am ersten Abend. Wir sind im Hotel in Santa Mora erst spät angekommen, so um Mitternacht. Weil der Bus vom Flughafen zum Hotel einen Reifenplatzer gehabt hat. Und wir natürlich – keinen Reservereifen dabei. Dann, im Hotel, da haben die uns gesagt, dass sie leider ein kleines bisserl überbucht sind, aber wir sollen uns freuen, dass wir doch noch ein Zimmer kriegen. Allerdings ohne Meerblick und direkt über der Hotelküche.
Im Zimmer, da hat's dann fürchterlich nach altem Bratfett gerochen, und wie ich das Fenster aufmachen wollte, da hab ich den Griff vom Rahmen in der Hand gehabt. Kommt aber noch besser: Ich hab ja ‚all inclusive' gebucht, so mit Segeln und Tauchkurs. Auf dem Bett ist aber ein Zettel gelegen, darauf hat gestanden,

dass die Sportkurse ebenfalls ein kleines bisserl überbucht sind, dass wir aber zur Esoterik und spirituellen Selbstheilung eingeteilt sind. Die Kurse macht ein Guru aus dem Kosovo, hat da gestanden, und der kann sogar Organe nachwachsen lassen, wenn er will. Da tät mir bei dir schon gleich was einfallen, hat meine Frau zu mir gesagt, wie ich ihr das vorgelesen hab."

Jetzt ist gottseidank das Bier gebracht worden, vom Lindenwirt persönlich.

„Ja Grüaß eich, wie schaut's denn aus?", sagt er und setzt sich zu den dreien an den Tisch.

„Gut", sagt der Bauer Manni.

„Geht scho", meint der Dürr Alfons.

„Schlimmer wird's immer", sagt der Laxner Toni.

„Also ich, ich war letztes Jahr auch in Spanien im Urlaub", sagt der Wirt, „grad schön war's, da, wo wir gewesen sind, meine Frau und ich. Wir haben gemeinsam gesegelt, sind aufs Meer rausgeschwommen und haben uns gegenseitig am Strand eingebuddelt. Einfach super."

„Dann fahr doch dieses Jahr wieder hin", sagt der Laxner.

„Mach ich auch", meint der Wirt, „weil, irgendwann muss ich ja meine Frau wieder ausgraben."

Und lacht sich schief. Der Dürr und der Bauer, die lachen auch. Der Laxner nicht. Ist aber normal, der Bauer Manni hat sogar einmal gesagt: Sobald der Toni lacht, müssen wir uns ernsthafte Sorgen um ihn machen. Also, alles im grünen Bereich.

„Du kannst doch gar nicht weg von deinem Laden hier,

erzähl doch keinen solchen Schmarrn!“, sagt der Laxner Toni. „Ach was, ich hab ja eine Urlaubsvertretung gehabt. Das war aber auch nicht so das Gelbe vom Ei. Zu dem Urlaubsvertreter hab ich gesagt, die Kartoffeln, die ich hinter dem Haus in einer Ecke vom Garten ziehe, die müssen raus aus der Erde. Mach das! Die eine Hälfte, die gibst du dem Inselwirt und die andere Hälfte, die kommt bei mir in den Keller. Was macht der Depp? Der hat die Kartoffeln alle fein säuberlich in der Mitte durchgeschnitten. Der war sowieso ziemlich schattig. Ich hab im Spaß zu ihm gesagt: Pass bloß auf, dass uns keiner so ein Viagra ins Klo schmeißt, sonst steht wieder tagelang der Klodeckel nach oben! Da ist der Trottel doch glatt abends immer noch aufs Herrenklo gegangen und hat geschaut, ob alles seine Ordnung hat mit den Klodeckeln. Nein, aber hör mir auf mit den Spaniern: Fressen den ganzen Tag ihren Paella-Reismampf und sind auch noch lustig dabei. Und mit der Arbeit, da ham die‘s auch nicht so, also, nicht so wie bei uns hier, mein ich. Wenn du zum Beispiel einen Spanier mit einem Polen kreuzt, dann kann‘s sein, dass du einen Dieb hast, der zu faul zum Klauen ist. Und die Mücken erst, die da am Meer unten waren. So groß wie Rauhaardackel waren die, ich schwör‘s. Die stechen dich nicht, die fliegen dich einfach über den Haufen und lutschen dich dann in aller Ruhe aus. Geh mir weg mit Spanien, ich fahr da nicht mehr hin. Prost, Burschen!“
Damit hebt er sein Bierglas und schaut in die Runde. Außer dem Laxner Toni grinsen alle.

„Sag einmal Laxner, fährst du eigentlich nie in den Urlaub?“, fragt der Lindenwirt.
„In der Fremde, da ist und bleibt der Fremde sozusagen immer ein Fremder, da kannst du machen was du willst“, orakelt der Laxner Toni und meint weiter: „Ich hätt ja schon gewollt, aber i hab mich dann doch nicht so recht getraut. Außerdem war da, wo ich hinwollte, kein Facharzt für Gehirnschläge, also, auch nicht sowas in der Art, nicht einmal annähernd, meine ich.“
„Du hast aber doch gar nix mit deinem Kopf oder mit deinem Hirn, oder?“, fragt der Bauer Manni.
„Nein, das ist ja das Schlimme an der Sach, dass ich ausgerechnet am Kopf noch nix gehabt hab. Überall sonst schon. Fast jedenfalls. Und statistisch gesehen, wär das das nächste, was mir passieren könnt“, sagt der Laxner.
Jetzt muss man dazu sagen, dass der Laxner Toni immer schon ein begnadeter Hypochonder gewesen ist. Die gängigsten Krankheiten, die hat er alle drauf. Auf Zuruf, sozusagen. Deswegen hat der Laxner auch alle Versicherungen, die es so gibt. Er hat sogar eine Versicherung gegen Versicherungen, weil: Man weiß ja nie, sagt er immer.
Vor Jahren hat er mal eine Reiseausfallversicherung gehabt, obwohl er gar nicht verreisen wollte. Weil: Unverhofft kommt oft, hat er gesagt. Es geht beim Laxner Toni sogar so weit, dass er bloß eine Blume zu sehen braucht, dann denkt er automatisch an eine Beerdigung.
„Prost“, sagt der Bauer Manni, „du bleibst doch eh lie-

ber daheim und schaust Fernsehen. Bauer sucht Frau. Hund sucht Baum. Schwein sucht Metzger. Sowas gefällt dir doch, gib's zu."
„Im Moment, da hast eh überall das Frauenfußballding im Fernsehen", sagt der Wirt. „Jeden Tag, das Frauenfußball. Das nervt langsam. Man merkt das schon an den Werbeblöcken, dass da was nicht stimmt. Bei uns Männern, da hast du eine Bierreklame im Vorspann, dann noch einen Baumarkt und dann ist die Welt wieder in Ordnung. Aber bei den Frauen jetzt, da kommen pflanzliche Abführtropfen und dann die Drei-Liter-Superbinde. Das ätzt. Und gut für mein Geschäft ist das auch nicht, das Frauenfußballzeugs. Weil die Männer daheimbleiben und sich diesen Schmarrn mit anschauen müssen, ob sie wollen oder nicht."
„Das nimmt überhand, wirst schon sehen", sagt der Laxner, „das mit den Frauenrechten. Irgendwann kippt das ganz, und dann müssen wir Männer in Burkas rumlaufen. Wirst schon sehen, so kommt's."
„Fußballspielen find ich sowieso bescheuert", sagt der Manni, „ich, also ich wär viel lieber ein Manager von so einem Fußballer. Weil ich dann die Hälfte von dem seinen Millionen abkrieg und nicht selber bei jedem Mistwetter auf dem Fußallplatz rumrennen muss."
Die Bedienung kommt mit frisch gezapften Bieren in den Garten und sagt im Vorbeigehen zum Wirt: „Du glaubst nicht, was mir drin grad passiert ist. Mir ist ein Tablett mit vier leeren Biergläsern runtergefallen. Das hat vielleicht einen Schlag getan, sag ich dir. Aber jetzt kommt's: Hinten, am Fenstertisch, da sitzt ein Pärchen,

die zwei streiten sich schon die ganze Zeit. Und wie meine Biergläser mit Geklirr am Boden zerbrechen, da sagt er zu ihr: Horch, sie spielen unser Lied. Was sagst jetzt?"

Alle lachen wieder, nur der Bauer Manni, der Chef vom Hauptsteg, der ist erstaunlich ruhig heute. Normalerweise klopft er am Mittwoch beim Stammtisch alle Witze raus, die er unter der Woche so mitkriegt. Aber heute: keine Witze, keine Sprüche, nur ein Manni, der sehr nachdenklich in sein Bier schaut.

„Ja, was ist denn heut los mit dir?", will der Dürr Alfons wissen, „normalerweis haust jetzt um die Zeit schon deinen vierten oder fünften Brüller raus."

Der Manni nimmt einen Schluck von seinem Bier und sagt: „Heut Nachmittag hab ich jemand aus meiner Vergangenheit gesehn. Die Müller Anni, die vor zehn Jahr' beim Wassersportverein gearbeitet hat – mit der war ich doch eine ganze Zeit zusammen. Wisst's ihr das nicht mehr?"

„Die Anni, klar, die hab ich noch gut in Erinnerung", sagt der Wirt, „was ist denn mit der? Die ist doch damals über Nacht von der Insel verschwunden, oder? War ein blitzsauberes Mädel, die Anni. Wenn ich die mit dir gesehen hab, dann hab ich mir oft gedacht: Wenn die Anni einen Blindenhund hätt, würd der in einer Tour knurren."

„Ich hab sie geliebt. Das hat voll eingeschlagen bei mir", sagt der Manni.

„Ich wollt sie damals sogar heiraten, aber sie hat gesagt, okay, aber ich müsst dann auch einen vernünftigen

Job mit Perspektiven haben. Mit Aufstiegschancen, Karriere und so. Außerdem wollte sie Kinder. Zwei Stück, eins von jeder Sorte. Egal, was zuerst kommt, hat sie gesagt, es wird gewickelt, was auf den Tisch kommt. Aber zwei Kinder müssen her. Da hab ich es ein bisserl mit der Angst gekriegt. Und mein Job, der hat mir genauso gefallen, wie er ist. Ich mag das, wenn ich auf meinem Steg bin. Ich mag die Leut, ich mag die Burschen auf den Schiffen, ich mag die Aussicht und die Luft und den schilfigen Geruch vom Wasser. Die Möwen, so wie die zwei da drüben, die mag ich, und den Blick auf die Berge. Und wenn ich da manchmal so steh und auf das nächste Schiff wart, dann hab ich oft das Gefühl, dass ich einfach wegfliegen könnt, wenn ich nur wollt. Aber ich will ja gar nicht weg. Wo soll ich denn hinwollen? Der Hemingway, der hat mal geschrieben: Man muss jedem Mann seinen Quadratmeter lassen. Oder so ähnlich, ich bin ja nicht grad der große Buchleser. Aber das da, mein Steg, das sind meine Quadratmeter, und einer wie der Hemingway, der tät mich verstehn."

„Der hat sich aber erschossen. Ob der vorher noch hier bei uns auf der Insel war, das weiß ich jetzt auch nicht", sagt der Laxner Toni, der für einen hypochondrischen Dauerdepressiven doch eine erstaunliche Halbbildung hat.

„Egal", sagt der Bauer Manni, „auf jeden Fall war die heut auf dem ‚Ludwig Feßler', mit Mann und zwei Kindern. Von jeder Sorte eins, genauso, wie sie das immer wollte. Und der Mann, der hat ausgesehen wie ein

Bankangestellter. Wie die Anni an mir vorbeigekommen ist, da hat sie mich angeschaut und gesagt: Grüaß di, Manni, wie schaut's denn so aus bei dir? Und ihr Mann, der hat mir die Hand gegeben und gesagt: Sie sind also der Manni. Sie haben ja mal kurz zusammengearbeitet, hier auf der Insel, hat mir meine Frau erzählt. Schön haben sie es hier. Sie sind zu beneiden. So einen Job hätt ich auch gern. Wissen Sie was, ich arbeite seit acht Jahren in Prien drüben und war noch nie hier auf der Insel. Die Anni, die wollte das irgendwie nicht. Aber heut sind wir hier, und das freut mich. Das hat er gesagt. Und sie, sie hat mich nur angelächelt und ihre zwei Kinder genommen und ist vom Steg gegangen. Ich, ich hab kein Wort rausgekriegt, glaub ich jedenfalls. Dann war sie weg. Aber in meinem Kopf, da ist sie immer noch. Da war sie nie weg. Könnts ihr das verstehn?"

„Au weia", sagt der Dürr Alfons, „da hat's dich aber ganz sauber erwischt. Trotzdem, überleg doch mal. Du hättest das alles ja haben können, den Job, die Frau, die Kinder. Aber wärst du dann noch der Manni, unser Manni, das Monster vom Hauptsteg? Oder wärst du einer, der in irgendeinem Büro sitzt und wartet, bis es fünf wird. Und dann wartet, bis es Wochenende wird. Und dann wartet, bis die Rente kommt. Wie lange hättest du das denn gemacht? Du kennst dich doch. Manni, du dämliches großes Brüllgemüse, jetzt bestell ich dir eine Halbe Bier, aber dafür musst du uns einen Witz erzählen. Einen, den wir noch nicht kennen, wenn's geht. Weil, in letzter Zeit, da erzählst du alle

Witze, die du vor ein paar Jahren schon einmal erzählt hast. Okay?"

„Lass ihn überlegen", sagt der Wirt und ruft zur Bedienung, die ein paar Tische weiter beim Abkassieren steht: „Geh, bring uns drei Halbe und ein Weißbier!" Und zum Laxner Toni sagt er: „Ich seh genau, dass du meinen guten Sandkuchen dauernd zu den zwei Möwen da drüben wirfst. Willst du mir damit was sagen?"

„Für den Kuchen brauchst du eine Baugenehmigung. Weil das kein Sandkuchen, sondern ein Kieskuchen ist. Und den Möwen, denen darf ich jetzt auch nix mehr geben, sonst kommen die gleich mit dem Arsch nicht mehr hoch, so viel Geröll ist in deinem Neubaukuchen." Das meint der Laxner im Ernst. Mit Essen, da macht er nie Späße. Macht überhaupt selten Späße. Wenn der Laxner einen guten Witz hört, dann wartet er mit dem Lachen, bis er allein zuhause ist, hat der Bauer Manni mal gesagt.

„Kennts Ihr den, wo einer in Spanien ist, und er langweilt sich ein bisserl und geht abends noch raus auf die Strandpromenade?" Der Wirt blickt in die Runde. Alle drei schütteln den Kopf.

„Also", sagt er, „der Gast aus Deutschland, übrigens hat er genauso ausgesehen wie unser Dürr Alfons hier, der geht abends noch auf die Strandpromenade. Die Luft ist noch heiß und die ersten Sterne sind zu sehen. Wie er da so geht, da spricht ihn eine wunderschöne junge Spanierin an. Sie sagt: Olè, du hübscher Mann, hast du Lust auf ein Spiel, das du nie vergessen wirst? Klar, sagt der Alemanne, was für ein Spiel denn? Komm mit, sagt

die Senorita, ich hab gleich hier in der Nähe, in dem Hotel da vorne, ein Zimmer. Sie gehen also aufs Zimmer. Im Zimmer, da verschwindet die hübsche Senorita hinter einem Wandschirm, einem Paravent und ruft: Jetzt kommt das berühmte Olè-Spiel.
Das geht so: Ich ziehe meine Bluse aus, werfe sie hinter mich und rufe Olè! Dann musst du auch was ausziehen und mir über den Paravent zuwerfen. Und wenn wir beide dann nichts mehr anhaben, dann spielen wir Olè. So machen die beiden das dann. Immer, wenn sie ‚Olè!' ruft, dann zieht unser Freund ein Kleidungsstück aus und wirft es über den Paravent zu seiner Senorita rüber.
Nach fünf oder sechs Olès, da hat er nichts mehr an. Splitternackt steht er da. Sie ruft hinter dem Wandschirm hervor: Bevor du mich nun ohne alles sehen darfst und das eigentliche Olè-Spiel anfängt, musst du für eine kleine Minute die Augen zumachen. Das macht er, und wie er die Glotzer wieder aufmacht, ist die Senorita weg, und seine Klamotten und das ganze Geld, und überhaupt alles ist weg. Da steht er nun, in seiner Verzweiflung und schaut aus dem Fenster. Unten, auf der Strandpromenade, da geht grad in dem Moment eine Gruppe von diesen Hare-Krishna-Leuten vorbei. So fünf oder sechs Mann, die haben alle nur so ein weißes Tuch um, wie ein großes Tischtuch, so müsst ihr euch das vorstellen, sowas haben die also um und singen in einer Tour: ‚Hare-Hare-Hare Krishna-Krishna-Krishna Hare-Hare'. Und tänzeln über die Strandpromenade. Das ist die Rettung, denkt sich un-

ser Deutscher, er nimmt das weiße Leintuch vom Bett und wickelt sich das um den bleichen Körper. Dann schleicht er sich durch die Hotelhalle und, schwupps!, ist er in der Krishna-Gruppe drin. Mittendrin. Da singt er auch gleich laut mit: ‚Hare-Hare' und so weiter. Nach ein paar Schritten dreht der tanzende Krishna-Jünger vor ihm den Kopf und sagt zu ihm über die Schulter: ‚Na, auch Olè-Olè gespielt'?"
Alle vier biegen sich wieder vor Lachen, und sogar der Manni, der hat seinen Schmerz vergessen, weil er verstanden hat, wo er sein will und was er sein will.

Der Bertl, der schaut seine Anna an und sagt: „Das hab ich jetzt nicht kapiert, wo ist da der Gag?"
„Das war ein Männerwitz, Männer lachen doch über sowas", sagt die Anna.
„Kannst du doch gar nicht wissen, du bist doch kein Mann. Drum hast du da keinen Einblick. Aber sag mal, wenn du könntest, würdest du dann nicht gern mal für ein paar Stunden ein Mann sein, nur für ein paar Stunden?"
„Nein", sagt die Anna, „und du?"
Dann hebt sie ab und fliegt in den Nachthimmel, kreischend vor Lachen. So laut, dass die Gäste an den Nebentischen die Köpfe drehen und den beiden Möwen nachschauen, die in der Dunkelheit verschwinden.
„Ich geh heim", sagt der Laxner, „bevor ich noch als Möwenvergifter gesteinigt werd. Schauts bloß, wie mich die andern Leut anschaun. Pfüat Euch."
„Wart, ich geh mit", sagt der Dürr Alfons und steht

auf. Der Bauer Manni rückt ebenfalls seinen Stuhl nach hinten und sagt: „Servas, bis nächsten Mittwoch. Ihr seits halt meine Familie." Dann sind sie weg, die drei. Der Wirt räumt die Gläser ab und denkt: In Gottes Garten, da gibt's schon viele bunte Vögel. Gottseidank.

Liebe süßsauer: Nix brennt so heiß wie die Liebe zwischen Bayer und Preiß

„Hast noch Lust auf einen Absacker?", kreischt die Anna im Flug durch die mondhelle Nacht nach hinten zum Bertl.

Der ist eigentlich müde, und ein bisserl ungut ist es ihm auch von dem Sandkuchen vom Laxner Toni. Aber wenn man eine jüngere Frau hat, und wenn man weiß, die Konkurrenz, die schläft nicht, dann muss man halt manchmal noch ran, auch wenn man gar nicht so richtig will.

Jeder, der das jetzt liest und mit einer jüngeren Gattin gesegnet ist, der weiß, wie dem Bertl jetzt zumute ist.

„Ja", schreit er, „aber wo willst denn noch hin, in Dreiteufelsnamen? Eigentlich möcht ich meine Ruh, und spät ist es auch schon."

„Da unten, schau doch einmal, da ist die ‚MS Edeltraud', die haben wieder so eine Tanzfahrt, weißt schon, mit Musik und lustigen Sachen und so. Da geht doch immer was. Jetzt komm, reiß dich z'amm', und dann schaumer mal, dann sehn mir's schon."

Seufzend dreht der Bertl im Flug den Kopf nach unten, und tatsächlich, da ist sie, die ‚Edeltraud'. Hell erleuchtet, Musikfetzen schwappen hoch in die laue Luft, zusammen mit Lachen und Gläserklirren. Das Schiff zieht seine Bahn im hellen Mondlicht, und Lichterketten sind über die Decks gespannt, und Menschentrauben bewegen sich zu dem stampfenden Rhythmus der

Band, die man zwar nicht sieht, aber auf dem Hinterdeck gut hört.
„Weiber", denkt der Bertl und geht in den Sinkflug. Steuerbord, ziemlich weit hinten kommen sie auf das Schiff, die beiden und keiner der feiernden und tanzenden Menschen schenkt ihnen Beachtung.
Jetzt, falls Sie abends noch nie auf der ‚MS Edeltraud' gefahren sind, so laufen die Tanzveranstaltungen ab, meistens jedenfalls:
Zwei Bands sind auf dem Schiff, eine im großen Salon unten und die andere im hinteren Salon. Auf den hinteren Decks ist die Musik aus dem hinteren Salon zu hören, und auf das Deck vorne, da wird die Musik der Truppe aus dem vorderen Salon übertragen. Auf die ‚MS Edeltraud', da passen so um die hundertzwanzig Passagiere, und es geht immer richtig gut ab.
So auch heute.
Aus dem großen Salon hinten hört man die Stimme eines Musikers: „Grüaß Eich, des war unser erstes Stückl. Bevor's weida geht, mecht i uns kurz vorstelln: Mir san der URFAHRNER URSCHREI, früher ham mir anders geheißen, nämlich FÜNFE SAMMA. Des hat aber ned so richtig funktioniert, weil mir amoi auch für kurze Zeit sechse gwesen sind, dann hab i ansagen müssen: Leidl, mir san's, de FÜNFE SAMMA, aber heid samma hoid sechse, aba denkts Eich nix. Dann warn mir amoi bloss viere, und dann hat der Wirt gfrogt: Ja, is denn oana gstorben? So, und jetzt ham mir uns umtauft und hoaßn URFAHRNER URSCHREI. Aber unser Musi, de is nach wie vor origi-

nal Bavarian-Crossover. Des nächste Stückl, des hoaßt MARY JEAN und is für mei Freindin, die Mary Jean aus Kraxlfing, die wo mich partout nicht hat heiraten wollen. Weil s‘ gsagt hat, jetzt stell dir bloß amoi vor, mir dadn Kinder kriagn, de müassatn doch sofort ab in den Zoo, was hättn denn die da für ein Leben. Des Stückl geht dann nahtlos über in die zwoate Nummer, und die hoaßt DIE KAMIKAZEFLIEGE. Ein echter Alpen-Trash. Des is die traurige G‘schicht von einer Kuhstallfliege mit ana ausgeprägten Todessehnsucht. Des Drama an dem Liadl is, dass koane von dene Küah im Stall die Fliagn daschlagn möcht, weil die Küah halt ganz andere Sorgen ham. Oiso, de füahrn grad Diskussionen über Anbindehaltung und so. Ihr segts, des is ein original Bavarian-Crossover-Ska-Reggae. Burschn, auf geht's…!“

Dann legen sie los, die Künstler, und der Bertl sagt zu seiner Anna: „Ich versteh ja nix von Musik, aber von der da versteh ich schon gleich gar nix, du vielleicht?“

„Nein“, sagt die Anna, „aber schau dir doch einmal die zwei Männer da drüben an. Den einen, den im Trachtenanzug, den versteh ich auch nicht.“

Tatsächlich, keine zwei Meter von unseren beiden Möwen entfernt, da stehen zwei Anzugträger um die Vierzig an der Reling. Jeder hat ein Bier in der Hand, und der mit dem Trachtenanzug, der sagt zu dem andern im grauen Freizeitanzug: „Uff jedet Schiff, dat dampft und sejelt, da jibt et enen, der dat janze rejelt. So sacht ma bei uns in Berlin, wa? Obwohl, ejentlich hat dat der Guido jesacht. Prost!“

„Wer is jetzat des? Ein Schlagersänger?", fragt der Freizeitanzug, offenbar ein Eingeborener, während der Trachtler ein Berliner zu sein scheint.
Der Bertl kneift die Augen zusammen und sagt: „Ich versteh den auch nicht, wahrscheinlich hat er einen Sprachfehler, der arme Mann."
Der „arme Mann" redet aber unbeirrt weiter:
„Dann kennste unseren Wowi Wowereit, unsere Mutti von dat Janze och nicht, oda? Ejal, wat ich schon imma wissen wollte, dat kannste mir bestimmt sajen: Die komische weiße Rübe, die da unten verkoft wird, wat hat die mit det Fahrrad zu tun?"
„Wos, des hat mit einem Radl sowas von gar nix zu tun, warum?"
„Icke war jerade da, und da sacht der: Mogst an Radi zu deim Bier? Und dann zeicht er mir det weiße Dingens da."
„Ja woaßt", sagt der Bayer, „der Radi, der hoaßt Radi, weil der rattenscharf ist. Der wird auf dem Feld nicht gedüngt, sondern gepfeffert, hast mich? Deswegen kriegt der schon im Wachstum diese Schärfe, das ist bei euch im Norden ziemlich unbekannt, dieses Düngepfeffern, oder?"
„War biste doch für'n Kerlchen! Dann kannste mir och sagen, wat dat mit diesen Stockerlfischen so uff sich hat, oder?"
„Freili", sagt der Bayer, „des heißt aber Steckerlfisch und nicht Stockerlfisch. Und das geht so: Hinter Übersee, direkt am Wasser, da regnet's so viel, dass diese spezielle Fischsorte auf den Bäumen wächst. Hohe Luft-

feuchtigkeit und so, verstehst? Also, ernähren tun sich diese Baumfische von den Mücken, und wenn die groß genug sind, die Fische, dann schneiden die Fischbauern einfach die Äste vor und hinter dem Fisch ab und legen die dann so übers Feuer, hast mich?"
Der Berliner schaut ungläubig und sagt: „Also, icke bin dat erste Mal hier in Bayern, aber ob ich dat och allet so jlauben soll, dat weß ick och nich."
Die Anna amüsiert sich köstlich und sagt zu ihrem Bertl: „Der kriegt's aber lang und schmutzig. Wenn ich mir den so anschau, dann erinnert der mich vom Typ her so ein bisserl an den Möwerich aus Sylt, der im letzten Jahr kurz hier war. Weißt noch?"
„Der Flavio-Briatore-Typ mit den gebleichten Oberfedern, der gleich zu Anfang gesagt hat, dass er nur auf der Durchreise nach Sardinien ist? Der hat dir ja mächtig imponiert, da hast du dich gar nicht mehr eingekriegt bei dem."
„Jetzt übertreib mal nicht, so schlimm war's auch nicht", sagt die Anna, „charmant war der halt, und toll erzählen konnte der."
„Ja, logisch", sagt der Bertl, der schon wieder merkt, wie ihm die Wut durchs Gefieder kriecht: „Ein Angeber war das, durch und durch. Detlev hat der geheißen, jetzt fällt's mir wieder ein. Wenn ich das schon hör, wie der geredet hat."
Damit schmeißt sich der Bertl in die Brust und sagt mit seiner besten Angeberstimme: „Weit schweift mein Blick über die endlos graue Fläche. Das Wasser glitzert in den flachen Prielen vor Sylt, und ich sauge diesen

leicht modrigen Geruch ein, den ich so liebe. Und der stete Rhythmus der Gezeiten deckt meine Tafel. All-you-can-eat. Jeden Tag. Angefangen beim leckeren Schlickkrebs, weiter zum saftigen Bäumchenröhrenwurm, zwischendurch ein Häppchen von der schmackhaften Sandklaffmuschel, dann den einen oder anderen Wattwurm, und zum Abschluss eine Wattschnecke oder eine würzige Pfeffermuschel. Was müsst ihr euch da doch böse einschränken hier an diesem popeligen Chiemsee, und so einseitig alles hier. Besuch mich doch mal auf Sardinien, meine Liebe, ich hab einen Eigentumspoller direkt im Hafen in Porto Cervo, an der Costa Smeralda. Da, wo man eben so ist, wenn man prominent ist."

Die Anna schüttelt sich wieder vor Lachen und sagt: „Kann's sein, dass du eifersüchtig bist? So Promis, die haben doch nur das Eine im Kopf, aber du, du bist mein Fels in der Brandung, das weißt du doch, oder? Gegen dich kommt doch kein Detlev aus Sylt an."

„Kluges Mädel", sagt der Bertl und schaut zu dem Bayern rüber, der sein Bierglas hebt und einen Trinkspruch ausbringt: „Guade Rösser und scheene Weiberleid, die kosten allerweil mehra wia s' eigentlich wert sind. Prost!"

„Prost, och!", meint der Berliner, „nich lang schnacken, Kopp in'n Nacken. Prost!"

Die beiden trinken ihr Bier, und der Berliner sagt: „Ah, det jeht ab. Sach mal, haste die Möwen da drüben beim Landen jesehen? Da ziehste als Mann automatisch alle vorstehenden Teile ein, wenn du sowat siehst."

„Mein Gott, redet der einen Schmarrn", sagt der Bertl, „komm, Anna, die zwei halten sich an ihre Gerstenkaltschale, die sagen sich, das bisserl, das wir essen, das können wir genauso gut trinken. Fliegen wir auf das Sonnendeck vor, vielleicht tut sich da was für uns."
Und so fliegen die beiden die paar Meter, allerdings gegen den Wind, vor zum Sonnendeck. Die Gruppe, die unten im Salon aufgebaut hat, die macht Pause und vom Band läuft: „Da steht ein Pferd auf dem Flur."
Auch gut, denkt sich der Bertl und legt eine gekonnte Punktlandung auf der Reling hin, keine zwei Meter von vier jungen Leuten entfernt, die auf einer der Bänke sitzen und Wienerwürstel mit Brezen essen.
Die vier Burschen, das stellt sich jetzt heraus, das sind die Musiker der Truppe HEAVENLY BLUESKILLERS aus Himmelreich, deshalb wahrscheinlich das Wortspiel im Bandnamen.
Wenn man Himmelreich nicht kennt ist das nicht weiter schlimm. Falls der geneigte Leser trotzdem den Wunsch verspürt, einmal im Leben nach Himmelreich zu fahren, so ist das relativ einfach: Salzburg ist ein Vorort von Himmelreich. Das wird kein Salzburger freiwillig zugeben, es ist aber so.
Der Autor dieser Zeilen ist intimer Kenner der österreichischen Mentalität, ist er doch selber halb Deutscher (durch seine Mutter) und halb Österreicher (durch einen guten Freund seines Vaters). Daher wird er sich im Folgenden alle Mühe geben, die schlimmsten sprachlichen Klopfer unserer jungen österreichischen Freunde in allgemein verständliches Deutsch zu übersetzen.

Einer der Musiker, ein langhaariger, dürrer Kerl wirft dem Bertl ein Stück Brezen hin, das dieser mit einer lässigen Rechtsdrehung des Kopfes auffängt und sagt zu einem seiner Bandkollegen, einem Rastafari im Fetzenlook: „Waaßt as eh, du Furchengänga (Angsthase), dass der Kiewara (Polizist) den Joint nia gfundn häd, wennst ned wia a Kniera (Synonym für untertäniges Verhalten) voa eam rumgsandlt (rumgemacht) hättst."
„Geh in Oasch" (Lass mich in Ruhe – so könnte man das mit etwas gutem Willen übersetzen).
Der Dritte, ein einigermaßen normal aussehender Jüngling, versucht die Situation zu entschärfen, indem er einen Witz erzählt: „Gets, Buaschen, bleibts leiwand (gemütlich), kennts den? Sa is oana in seim Homebeisl (Stammkneipe) und sogt zum Wirt: Du glabst es ned, wos i in dem Beutel da hab. Naa, sagt der Wirt, was hast denn da? I hab da drin einen dreißig Zentimeter großen weltbekannten Spitzenautor, den Simmel. I glaub's echt net, sagt der Wirt. Doch, sagt der Gast und schüttelt den Beutel auf der Theke aus. Raus krabbelt doch tatsächlich ein dreißig Zentimeter kleiner Mann und sagt zu dem Wirt: Grüß Sie, ich bin der Simmel, der weltbekannte Autor. Ja, jetzat legst di hin, sagt der Wirt zum Gast, wie geht denn sowas?
Der trinkt einen Schluck von seinem Bier und sagt zum Wirt:
Woaßt eh, da vorn in der Laterne, da wohnt eine Fee. Wennst also an der Laterne mit der Hand reibst und deinen Wunsch sagst, dann macht die das auf der Stelle, die Fee, aber nur, wenn s' zufällig dahoam is.

Der Wirt rast zur Laterne und reibt mit der Hand an ihr, also, an der Laterne, sagt seinen Wunsch auf und kommt dann ziemlich sauer wieder ins Lokal.
Des is aber a komische Fee, sagt er, i hab mir fünf Millionen in kleinen Scheinen gewünscht. Und dagelegen sind plötzlich fünf Melonen und ein paar kleine Schweine.
Ach so, sagt der Gast, ich hab ganz vergessen dir zu sagen, dass die Fee ziemlich schwerhörig ist, oder glaubst du im Ernst, ich tät mir einen Dreißig-Zentimeter-Simmel wünschen?"
Alle lachen, bloß der Bertl, der schaut zu seiner Anna und sagt: „Versteh ich jetzt nicht. Und du?"
Da kommt aber schon der nächste Brüller, weil der Rastaman sagt: „Burschen, ihr wissts, warum unsere österreichische Fahne rot-weiß-rot ist, oder?"
Kopfschütteln in der Musikerrunde.
„Ja", sagt der Rastaman, „damit mir die auf keinen Fall verkehrt rum aufhängen können."
Jetzt wirft der Lockige dem Bertl wieder ein Stück von seiner Brezn hin, das der Bertl sowas von souverän in der Luft fängt und unzerkaut runterschluckt. Der Rastaman ist beeindruckt und sagt zu seinen Kollegen: „Jetzat schauts eich amoi den hässlichen oidn Federzausel an, wie der im Todeskampf noch die Brezn dawischt hat."
„Genug ist genug", sagt der Bertl, „ich hab ja nicht viel gegen Österreicher, aber diese elenden Schluchtenscheißer wissen nie, wann man aufhören soll. Fliegen wir bitte freundlicherweise einen Meter weiter, meine

Liebe!“
Keine schlechte Idee, denn etwas weiter vorne, direkt an der Reling, da steht ein Pärchen mit einer Frau im bayrischen Dirndlkleid. Die beiden, also das Pärchen, die schauen auf den Bertl und die Anna. Der Mann sagt: „Jetzt sieh doch nur, Isolde, diese beiden Möwen! Die kleinere, die sieht genauso aus wie die Möwe in dem berühmten Film, den wir im ‚Odeon‘ in Chemnitz gesehen haben, ‚Möwe Jonathan‘, so hat der geheißen. Weißt du das noch?“
„Aber ja, Karl-Bruno, das war doch ein paar Tage nachdem unser FC Meuselwitz die Schrebergartenmeisterschaft gewonnen hat.“
„Und schau“, sagt Karl-Bruno jetzt, „wie sich die Kleinere rührend um diesen Möwengreis an ihrer Seite kümmert. Ohne die hübsche Kleine wäre der arme alte Seuchenvogel doch glatt ins Wasser gefallen.“
„Ist irgendwie nicht mein Tag heute“, sagt der Bertl, „ich hasse die beiden jetzt schon.“
Erklärend wäre zu sagen, dass die beiden, nämlich Isolde und Karl-Bruno Kollwitz, auf Hochzeitsreise sind und dass die Dame im Dirndlkleid ihre Vermieterin ist. Eine gewisse Frau Blaßberger aus dem Mitterweg in Bernau. Vermietet Ferienwohnungen mit Familienanschluss, aber keine Haustiere, bitte.
Und die Kollwitzens, die kommen aus Chemnitz, schon klar.
Frau Blaßberger ist bemüht, ihren beiden Gästen etwas Chiemgauwissen beizubiegen und daher über diese Unterbrechung mit den Möwen nicht sehr erbaut. Sie

räuspert sich und sagt: „Oiso, wo waren wir? Ja, der aus München zugewanderte Kupferschmiedemeister Josef Feßler, der hat, wie gesagt, im Jahre 1845 die ‚Herzog Maximilian' vom Stapel gelassen. Das war aber eher eine Herausforderung für Abenteurer und Todesmutige, da er das Schiff selber entworfen hat. Vom Schiffsbau hatte der Herr Kupferschmiedemeister so viel Ahnung wie eine Kuh vom Cembalospielen. Macht aber nix, hat er sich gesagt, weil das Schiff geschwommen und das erste funktionierende Dampfschiff auf dem Chiemsee gewesen ist. Sein Sohn Ludwig, der hat dann die ‚Luitpold' zu Wasser gelassen. Und weil den Feßlers damals wie heut die Priener Bockerlbahn gehört hat, da hat das von Anfang an funktioniert. Die ‚Edeltraud', auf der wir jetzt stehen, die ist im Jahr 1970 in den See gekommen, und die Feßlers, die waren ja echte Pioniere. Haben die Chiemsee-Schifffahrt auch heute noch fest im Griff. Irgendwo hab ich sogar gelesen, dass hier im Chiemsee das erste U-Boot getestet wurde. Erfunden und gebaut soll's ein Herrn Bichler von der Ratzinger Höhe haben. Nix Genaues weiß man aber nicht, weil das Boot damals zwar untergetaucht ist, aber dann nie wieder gesehen wurde. Die Witwe Bichler, die hat noch jahrelang behauptet, ihr Mann hätte das ganze Theater nur veranstaltet, damit er mit der tschechischen Küchenhilfe der Bichlers das Weite suchen konnte. Aber wie gesagt, nix Genaues weiß man nicht."
Die Kollwitzens, beide Lehrer an der Chemnitzer Montessori-Schule, die verfolgen aufmerksam den Vortrag der Frau Blaßberger. Die Frau Kollwitz, also

die Isolde, die versucht nun, mit Fragen zu Dingen, die sie tagsüber gesehen hat, Eindruck bei der Frau Blaßberger zu machen.
„Sagen Sie mal“, fragt sie, „die vielen Steine, die ich heute am Waldrand unten am Berg gesehen habe, was hat das zu bedeuten?“
Jetzt ist die Frau Blaßberger wieder in ihrem Element. Sie holt tief Luft und sagt: „Das war ein Murgang. Ein Murgang ist ein schnell talwärts fließender Strom aus Schlamm und Gesteinsmassen. So eine Mure, auch Muräne genannt, die kann Unmengen von Steinen den Berg herunterrollen und erreicht eine Geschwindigkeit von bis zu sechzig Stundenkilometern.“
„Ich glaub es nicht“, sagt der Karl-Bruno, „und wo ist die Mure, also die Muräne jetzt?“
„Die ist wieder nauf auf den Berg, neue Steine holen“, sagt die Frau Blaßberger.
Der Karl-Bruno, der merkt natürlich spätestens jetzt, dass er veräppelt wird. Schließlich hat er ja studiert, wenn auch auf Ost-Niveau.
Also holt er zum Gegenschlag aus und sagt zu der Frau Blaßberger: „Wissen Sie eigentlich, dass unser Genosse Erich Honecker, Gott hab ihn selig, dass der sogar mit der Sonne sprechen konnte?“
„Ostpropaganda“, mehr hat die Frau Blaßberger dazu nicht zu sagen.
„Nein, ehrlich“, sagt der Karl-Bruno, „jeden Tag, wenn die Sonne frühmorgens im Osten aufgegangen ist, und der Genosse Honecker auf seiner Veranda stand, hat er gesagt: Guten Morgen, liebe Sonne, wie geht’s dir

heute? Und die Sonne hat gesagt, Genosse Honecker, mir geht's gut, ehrlich. Mittags dann, da hat der Genosse Honecker aus seinem Fenster im Palast der Republik geschaut und zur Sonne gesagt: Was, schon wieder Mittag? Wie geht's dir denn, liebe Sonne? Und die Sonne hat gesagt: Danke, gut, Genosse, es geht alles seinen sozialistischen Weg, nicht wahr? Und am späten Nachmittag, wenn der Genosse Erich in seinem ‚Russischen Wolga' nach Hause gefahren wurde, da hat er das Fenster runter gekurbelt und zur Sonne hoch gerufen: Na, meine Liebe, wie isses denn da oben? Und die Sonne hat gesagt: Leck mich am Arsch, ich bin jetzt im Westen."

Die Frau Blaßberger schaut zu den Möwen. Sie gibt der Anna ein Stück Mohnsemmel und sagt, aber so, dass es nur die beiden Vögel hören: „Mein verstorbener Mann, der hat schon Recht gehabt, wie er gesagt hat, also ich hab nix gegen die Ossis, ich finde sogar, jeder sollte einen haben. Gell, ihr zwei, solche Probleme habt ihr nicht, ihr hübschen Möwchen."

Jetzt schaut sich der Bertl die nette Dame näher an und zuckt zusammen. „Jessas, Maria und Josef, das ist ja die Blaßbergerin", sagt er zu seiner Anna, „kennst die nicht?"

„Nein", sagt die Anna, „was ist denn mit der? Das ist doch eine nette und freundliche Dame, oder?"

„Da wennst mir nicht gehst. Von dieser netten Dame erzähl ich dir jetzt einmal was. Also, ich hätt die nicht wiedererkannt, so wie die Schwerkraft an der herumgezerrt hat. Und Falten hat die im Gesicht wie sie der

Luis Trenker am Hintern gehabt hat.“
„Pfui, so spricht man aber nicht von einer Dame!“ Die Anna, die ist empört über solche Sprüche.
„Eine Dame war die nie. Pass einmal auf, die Geschichte, die war so: Die Blaßbergerin, die hat reich eingeheiratet. Ihr Mann, der alte Blaßberger, der hat aber schnell gemerkt, dass sie nur hinter seinem Geld her war. Schon nach ein oder zwei Ehejahren, da haben sich die beiden nichts mehr zu sagen gehabt. Es ging sogar das Gerücht um, dass sie eine Zeitlang nur schriftlich miteinander verkehrt haben, obwohl sie im selben Haus gewohnt und im selben Ehebett geschlafen haben. Musst du dir jetzt mal vorstellen, das war ungefähr so: Wenn der alte Blaßberger morgens früh raus musste, dann hat er ihr abends beim Essen einen Zettel hingelegt, da drauf stand: Weck mich um sieben in der Früh.
Am nächsten Morgen hat er natürlich verschlafen, und wie er so die Augen aufmacht, da sieht er auf dem Kopfkissen neben sich einen Zettel: „Es ist sieben. Steh auf.“
So waren sie, die beiden. Irgendwann hat sich die Blaßbergerin aber gedacht, der Alte, der wird hundert Jahre alt, da muss ich mir was einfallen lassen, sonst komm ich nie an dem sein Geld. Also war sie auf einmal katzenfreundlich zu ihm und hat ihm auch immer seine Leibspeisen gekocht, mit viel guter Butter und schönem fetten Fleisch. Das hat aber auch nicht viel geholfen, denn der alte Blaßberger, der ist zwar immer runder geworden, aber er war nach wie vor pumperlg‘sund.
Und hat allen Leuten erzählt, was er für ein Glück hat,

dass seine Ehefrau nicht nur bildhübsch ist, denn das war sie damals, ein scharfes Luder, so kann man sagen, sondern, dass sie auch noch kocht wie der Teufel. Also hat sich die Blaßbergerin gedacht, da muss ich jetzt auf Stufe zwei gehen. In der Zeitung hat sie gelesen, dass ein bekannter Arzt aus Rosenheim einen Vortrag über giftige Pilze hält. Am nächsten Donnerstagabend um 8 Uhr im Kurhaus in Prien. Da ist sie hingefahren. Punkt 8 ist der nette Arzt, ein gut aussehender Mittfünfziger, auf die Bühne gesprungen und hat seinen Vortrag begonnen: „Guten Abend, meine Damen und Herren. Wenn man sich mit Schwammerln nicht auskennt und sie trotzdem gern isst, dann kann's entweder ein böses Erwachen oder im schlimmsten Fall gar keines mehr geben. Deswegen sind wir heute hier."
Wie Recht du doch hast, hat sich die Blaßbergerin gedacht und sich angehört, was er über den orangefuchsigen Schleierling gesagt hat, nämlich, dass der die Nieren zersetzt. Oder über den Risspilz und den Rettichhelmling, die beide die Verdauung böse durcheinander bringen können. Auch sehr interessant: Der Krempling, der tödliche Schocks auslöst, wenn er in ausreichender Menge genossen wird. Besonders tödlich seien diese Pilze, wenn sie getrocknet den normalen Pilzen beigemischt würden, aus Versehen natürlich. Und gar nicht auszudenken: die Wechselwirkung, wenn zwei oder drei dieser giftigen Sorten auf einem Teller landen. Also immer gut aufpassen.
‚Und damit Sie sich das alles zuhause noch einmal in Ruhe ansehen können, bekommen Sie beim Rausge-

hen von mir einen Prospekt mit Bildern dieser Killerpilze.‘ Das waren die letzten Worte im Vortrag des Herrn Doktor.

Beim Ausgang hat die Blaßbergerin dann ihren Prospekt bekommen, und der Doktor hat ihr tief in die Augen gesehen und gesagt: „Mit so einer außerordentlich feschen Frau möcht ich schon auch einmal in die Schwammerl gehen.“

Die Blaßbergerin, die hat ganz verschämt getan und gesagt: „Mei, man soll nie ‚nie‘ sagen, Herr Medizinalrat.“

Die nächsten Tage war sie fleißig im Wald beim Pilzesammeln, und die giftigen, die hat sie alle gefunden. Zusammen mit Steinpilzen und Pfifferlingen hat sie die Schwammerl auf dem Speicher getrocknet, und schon ein paar Wochen später, da hat‘s die ersten Schwammerlgerichte gegeben.

Der alte Blaßberger, der hat wohlig aufgestöhnt, wie sie ihm Semmelknödel mit gemischten Pilzen in einer süßsauren Rahmsoße hingestellt hat.

„Schau, was ich dir heut Schönes gemacht hab“, hat sie zu ihm gesagt, „ich hab mir eine neue Geschmacksvariante ausgedacht, nur für dich, und ich nenne das ‚Liebe süßsauer‘, was sagst jetzt?“

„Du bist doch mei Herzallerliebste. Wenn ich nur drandenk, dass ich jemals an dir gezweifelt hab, da muss ich mich jetzt noch schämen“, hat er gesagt, der alte Blaßberger, und dann hat er seine Schwammerl runter geschaufelt. Drei Teller voll, weil‘s so gut geschmeckt hat. Und ein paar Stunden später, da war er mausetot.“

Der Bertl, der macht ein ernstes Gesicht, soweit das einer Möwe möglich ist. Die Anna ist hingerissen. „Hach, wie gruselig!", sagt sie und schüttelt sich ein bisschen. „Ist das denn nie rausgekommen?"
„Das war dann auch wieder so ein blöder Zufall", sagt der Bertl. „Weil der Hausarzt von den Blaßbergers auf Urlaub war, ist am nächsten Vormittag seine Vertretung gekommen. Und du glaubst es nicht, wer das war, oder?"
„Lass mich raten", sagt die Anna, „das war der nette Arzt vom Pilzvortrag in Prien."
„Richtig", sagt der Bertl, „wie das Leben so spielt. Und dieser nette, gut aussehende Doktor, der noch dazu Junggeselle war, der sagt zur Blaßbergerin: Wir kennen uns doch, wir zwei, oder nicht? Und die Blaßbergerin, die setzt alles ein, was sie hat. Das war dazumal phänomenal, was die hatte, das kannst du mir glauben. Auf jeden Fall hat sie den Arzt rumgekriegt, dass der einen Totenschein auf Herzversagen ausstellt. Und keine zwei Monate später, da ist er bei ihr eingezogen. Anfangs ist das wunderschön und romantisch gelaufen, aber schon nach ein paar Monaten, da hat sie gemerkt, mit dem, da komm ich auch nicht klar. Der Herr Doktor, der war nämlich aus Hamburg, und erst seit ein paar Jahren hier am Chiemsee. Heimweh hat er auch noch gehabt, und mit den Einheimischen, da ist er nie so richtig warm geworden. Bergwandern war ihm ein Graus, und eigentlich wollte er nur Kajakfahren. Das musste die Blaßbergerin lernen, ob sie wollte oder nicht. Jetzt hat sie gedacht, Schwammerl frisst der mir

keine, da muss ich mir schon was anderes überlegen. Aber totgekriegt hat sie ihn trotzdem."
„Jetzt mach's nicht so spannend", haucht die Anna, „wie ist er denn gestorben, der Ärmste? Hat sie ihn erschlagen, weil er die Schwammerl nicht essen wollte?"
„Aber nicht doch", sagt der Bertl, „ein bisschen subtiler war sie da schon. Nix Genaues weiß man nicht, aber der Herr Doktor, der ist bei einem gemeinsamen Kajakausflug auf der Tiroler Ache ertrunken. Alkohol im Blut hat er auch gehabt, wie sich später herausgestellt hat, und die Blaßbergerin, die war untröstlich und hat bei der Beerdigung geschrien und geweint und gesagt, ja, wenn ich nur geahnt hätt, dass der was getrunken hat, ich wär doch nie mit ihm aufs Wasser gegangen."
Der Bertl, der nickt mit dem Kopf und sagt: „Und die Moral von der Geschicht'..."
Weiter kommt er aber nicht, weil just in diesem Moment der Karl-Bruno zu der Frau Blaßberger sagt: „Und auf dem Bild, das im Wohnzimmer hängt, das war ihr zweiter Mann, nicht wahr? Der Arzt. Schrecklich sowas."
„Ach was", sagt die Blaßbergerin, „das war ein Unfall. Das ist Schicksal, der macht jetzt halt den ewigen Tauchschein."
„Komm", sagt die Anna zu ihrem Bertl, „hier friert's mich, so kalt ist dieses Biest von Frau. Lass uns lieber wieder aufs Hinterdeck fliegen. Da stehen wenigstens keine Massenmörder rum."
Da sind aber die beiden, der Berliner im Trachtenanzug und der Bayer, der übrigens ein geschiedener Säge-

werksbesitzer aus der Nähe von Riedering ist, da rentieren sich die Sägewerke im Moment besonders. Könnte man so sagen, wenn man auf schwarzen Humor steht. Auf jeden Fall, die beiden, die haben schon die siebte oder achte Halbe intus und sprechen über Familiäres.
„Was fahrst du denn für a Auto?“ Das will der Bayer jetzt wissen, wo man sich menschlich doch schon nähergekommen ist.
„Icke hab en Skoda, aber die Sportausführung, wa“, sagt der Berliner, was den Bayern zu einem nachdenklichen Gesichtsausdruck bringt, und er sagt: „Dann hast an harten Stuhlgang.“
„Wat?“
„Kloar, woaßt as eh, da bist ein prädestinierter Hämorrhoiden-Fall. Probhylaktisch, sozusagen. Weil, so langsam wern ma, wia ma san, verstehst?“ Dazu nickt der Sägewerksbesitzer bedeutungsschwanger mit dem Kopf und trinkt von seinem Bier.
„Ach wat, und du?“, das will der Berliner jetzt wissen und trinkt ebenfalls.
„I bin g‘schieden“, sagt der Bayer, „war eine langsame und schwierige Sache. Aber weilst jetzt mei Freind bist, da erzähl ich dir das. Des hat schon angfanga, wo unser Bub auf die Welt kommen is. I, oiso, i, i woid den Buben Sylvester taufen lassen, wegen dem Sylvester Stallone, Rocky und so. Hast mi?“
Die Anna, die will jetzt weg, weil sie immer schon zum Bertl gesagt hat, besoffene Kerle, die sind ihr ein Graus. Da weiß sie, wovon sie redet, denn sie war in frühester Jugend mal in einen Kormoran verknallt, der sich mit

Fallobst, vorwiegend Sauerkirschen in der Gärung, regelmäßig Kante gegeben hat. Und was der dann außer den Kirschen so von sich gegeben hat, das spottet jeder Beschreibung.

Aber der Bertl, der sagt: „Jetzt wart doch, noch fünf Minuten, dann machen wir den Abflug. Okay?“

„Sylvester, dat find icke doch knorke, so als Name für nen Steppke, wat“, sagt der Berliner.

Der Bayer schüttelt traurig den Kopf und sagt: „Mei Frau, die war von Rottau, die hat nicht einmal gewusst, dass Sylvester ein Name ist. Die hat zu mir gesagt, da können wir ihn ja gleich Weihnachten oder Ostern taufen, das macht dann keinen Unterschied mehr. Aber losgegangen ist das Schlamassel eigentlich schon bei der Hochzeit. Mir ham in der Nähe von Wasserburg kirchlich geheiratet, weil hier rund um den See terminlich nix mehr zu machen war. Die Trauung, die war an und für sich schon super. Der Pfarrer war a sehr nett. Er hat aber ein persönliches Problem gehabt, an dem Tag, also, er war überhaupt nicht gut drauf, und ich bin dann in dieser Nacht bei ihm geblieben, das hat mir meine Frau noch lange vorgehalten. Überhaupt, es ist nicht besser geworden, dann haben wir uns halt getrennt.“

Der Bayer schnieft und fängt gleich zu heulen an, und der Berliner sagt: „Weeßte wat, icke war ooch verheiratet, und meine Olle, die sacht doch jlatt vor der Kirche bei die Trauung, Oller, sacht die, ick muss dir wat jestehn: Ick bin Prostituierte. Da ha ick jesacht, dat macht doch jar nichts, da jehst du eben in deine Kir-

che, und icke, ick jeh in meine. Wat sachste nu?“
Die beiden fallen sich in die Arme, und die Anna sagt zu ihrem Bertl: „Können wir jetzt endlich fliegen?“
Und das machen sie, die beiden. Steigen auf in die klare Sternennacht, das Schiff unter ihnen, das wird immer kleiner.
Nur die Musik, diesmal vom URFAHRNER URSCHREI, die klingt noch durch die Dunkelheit und wird langsam leiser: „Mei Seele, die had an Krebs, oh yeah.
Weil a Frau wia di, die lasst man net geh, oh yeah. Oane wia di, de find ma ned in hundad Joah, aber des is mir erst jetzad so richtig kloar, oh yeah.“
Die letzten Liedfetzen verschwinden in der Nacht, und der Bertl, der schaut seine Anna an und sagt: „Aber das jetzt am Schluss, das haben die nur für uns gespielt.“

Jetzt wird's so langsam frisch, die Nacht über dem See. Und die Anna, die ja immer ein bisserl fröstelig ist, die fliegt zwar aus Prinzip einen guten Meter vor dem Bertl, aber irgendwie hat sie den Schnabel so ziemlich voll von der Rumflatterei.

„Da unten, Bertl, schau einmal, da ist doch das Haus vom alten Loibner, da ist noch Licht", schreit sie nach hinten, „und die vom Wassersportverein, die sind auch schon alle weg, lass uns doch da übernachten, was meinst du?"

Gar keine schlechte Idee, denkt der Bertl, das ist so ziemlich in der Nähe vom Gemeindesteg, und die Fährenlände und der Seglersteg sind auch ziemlich verwaist, wie's von hier oben so aussieht, das passt. Außerdem, so denkt er sich, könnte da unten noch das eine oder andere Brotstück rumliegen, weil die Inselhunde mittlerweile so verwöhnt sind, dass sie für Brotreste nur noch ein müdes Rülpsen übrig haben.

„Okay", schreit er vor zu dem immer noch sehr ansehnlichen Möwenhintern, der in der sternhellen Nacht vor ihm rumwackelt, „Landeerlaubnis erteilt, geh schon mal auf Sinkflug, Landebahn 08, Terrasse Loibner, over and out."

Der Bertl hört eindeutig zu viel Reinhard Mey, denkt die Anna, sagt aber nichts, weil sie genau weiß, was dann kommt.

Nämlich das: „Musst du eigentlich immer das letzte Wort haben, egal, was ich sage? Kannst du nicht ein-

mal, nur ein einziges Mal, nicht einen hintendrauf satteln?“
Das würde er sagen, da wette ich meinen Federhintern, so wahr ich hier fliege, denkt sie sich, ruft aber nur zurück: „Ja, Schatz, du hast ja so Recht.“
Kurz drauf haben sich die beiden eine ruhige und dunkle Ecke auf der Terrasse des alten, schon ziemlich verwitterten Holzhauses gesucht. Es riecht leicht nach Rosen, wahrscheinlich vom Klostergarten rüber. Außerdem nach See und Fisch und Schilfkraut. In dieser Traumnacht, da macht sich der liebe Gott sein Lieblingsparfüm, denkt sich die Anna.
Weit draußen auf dem See sieht man die „MS Edeltraud“ in Richtung Prien-Stock abdrehen. Ganz leise und verwischt wirbeln Musikfetzen durch die Luft, wie Seidenwolken, die vor dem Mond tanzen.
Drinnen, in dem mit Ranken und Efeu zugewachsenen Fischerhäuschen, da brennt Licht. Die Gardinen der zwei Fenster sind zugezogen. Man sieht einen Schatten, der sich vor- und zurückbewegt, zum Takt der Musik.
Ein anderer Schatten beugt sich vor und schiebt zwei Gegenstände, wahrscheinlich Gläser, über die Tischplatte. Man hört Stimmengemurmel. Leise und unverständlich.
Zwei Männer, soviel ist klar, die unterhalten sich und im Hintergrund, da läuft diese merkwürdige Musik.
Überhaupt: die Musik, die Melodie, die eigenartigen Instrumente. Klingt irgendwie asiatisch, oder indisch. Zimbeln und Sitar, Trommeln und eine Flöte.

Das sind ungewohnte Klänge für die Anna. So was hat sie noch nie gehört.
„Was ist denn das, das krächzt ja wie... – ich weiß auch nicht was. Hörst du das?“
Die Anna macht einen langen Hals. Der Bertl, der kennt das Krächzen.
„Das, das ist ein Grammophon“, sagt er, „das Ding ist sicherlich fünfzig Jahre oder so um den Dreh alt, aber der Loibner, der muss ja auch schon an die siebzig sein.“
„Ehrlich? Kennst du den? Ich hab gedacht, der wär schon lange tot“, fragt die Anna.
„So ein Tod kann eine verdammt unangenehme Sache werden, wenn man ihn nicht richtig auskuriert. Aber ich sag ja immer, unter den Toten ist der Zombie ein König. Nein, ich kenn ihn nicht persönlich, aber ein Kollege von mir, der Aldo, der hat mir von dem Loibner und seiner unfassbaren Geschichte erzählt. Begonnen hat alles vor ungefähr vierzig oder fünfzig Jahren. Genau hier. Und in genau so einer Nacht, und der alte Rindsbacher war auch dabei. Irgendwer ist da mit drin bei dem Loibner. Lass uns mal unter das andere Fenster huschen, vielleicht hören wir da was“, sagt der Bertl und schleicht auch schon ein Fenster weiter, die Anna ist dicht hinter ihm.
„Was machen die da drin?“, fragt sie.
„Die werden wohl kaum Gummibärchen zählen, die reden von alten Zeiten. Wenn das wirklich der alte Rindsbacher ist, der da beim Loibner am Tisch sitzt, dann ist die Fraueninsel-al-Qaida wieder vereint“, flüs-

tert der Bertl.
„Sag einmal, hast du vergorene Pflaumen geschlürft, oder was? Du redest nur Schwachsinn“, sagt die Anna.
Der Bertl zischt über die Schulter zurück: „Jetzt zeig mal ein bisserl Sinn für Interesse, Weib! So haben die Inselfischer die beiden damals genannt. Unsere Lederhosen-Terroristen, haben sie gesagt, und immer, wenn einer von den Fischern den Loibner oder den Rindsbacher auf der Straße oder im Wirtshaus gesehen hat, dann haben die nicht ‚Grüß Gott‘ zu denen gesagt, sondern ‚Salami-Aleikum‘, verstehst?“
„Nein, versteh ich jetzt nicht. Komm her und erzähl die Geschichte!“
Die Anna kuschelt sich an ihren Bertl, und unter dem Fenster mit den Schattenspielen kneift der Bertl ein Auge zu und überlegt. Hoffentlich krieg ich das jetzt gut auf die Reihe, denkt er.
„Das“, sagt er, „das ist die Geschichte von einem, der nicht verstehen konnte, dass ein paar Sprüche oder Taten ein Leben in eine ganz andere Richtung schubsen können. Das erste steht uns frei, beim zweiten sind wir Knechte.“
„Was?“
„Faust, meine Liebe. Oder besser gesagt, Mephistopheles zu Faust. Von Goethe.“
Damit zupft sich der Bertl eine imaginäre Feder von der Schulter und blickt zum Mond hoch. Dabei fällt ihm ein, dass ihn einer von den völlig bescheuerten Kormoranen doch glatt letzte Woche gefragt hat, was wohl weiter weg ist: der Mond oder New York. Jetzt über-

leg doch mal, hat der Bertl zu ihm gesagt, den Mond kannst du sehen. Siehst du New York auch? Also!
„Mein Gott, wen du alles kennst, was sind denn das für Vögel: Faust und Goethe und der mit dem ausländischen Namen?“ Verzückt blickt die Anna auf ihren Bertl.
„Ähm, ja“, sagt der Bertl, „lassen wir das erst mal weg bis später. Also, der Loibner, der ist ein Zuagroaster, das ist für die folgende Geschichte wichtig zu wissen.“
„Der Ärmste“, sagt die Anna, „gibt's für sowas überhaupt Medikamente?“
„Ein Zuagroaster, das ist keine Krankheit. Obwohl das hier auf der Insel von vielen so gesehen wird. Nein, das heißt, dass der Loibner von auswärts kam, in diesem Fall: aus Aschau. Aber Aschau, das ist für einen Insulaner sowas wie Ouagadougouland. Wie alles, was mehr als fünf Kilometer hinter Prien oder Gstadt liegt. Da kam er her, der Loibner. Und hier auf der Insel, da hat er die Tochter vom Fischwirt geheiratet. Der Fischwirt, der hat früher Wurstwirt geheißen, aber das ist eine andere Geschichte. Die Wirtschaft ist ja auch vor einigen Jahren abgerissen worden. Wo war ich? Ah ja: Der Loibner, der sollte in der Wirtschaft mitarbeiten, Fische räuchern und kochen und das alles. Wollte er aber nicht. Er war ein Schreiberling, hat für ein paar Zeitungen gearbeitet und hat sich für die Umwelt stark gemacht. So hat er den Rindsbacher kennengelernt. Der hat Ferienwohnungen vermietet und war der erste Grüne hier auf der Insel.
Die beiden sind also nachts rumgeschlichen und ha-

ben an den Fischernetzen untersucht, ob die Mindestmaschenöffnung eingehalten wird. Wenn da was nicht gepasst hat, dann haben sie die Netze zerschnitten. Die Fischer, die hatten die Beiden zwar schnell im Verdacht, aber es war nix zu beweisen. Dann hat der Loibner mal unten beim Klosterwirt zwei Fischer belauscht, die sich über den Zukauf von Renken und Saiblingen unterhalten haben."
„Warum Zukauf?" Das kapiert die Anna jetzt gar nicht.
„Das ist wie der Wein, der vor Jahren mal so populär war, dieser ‚Kalterer See', sagt der Bertl, „die ganze Welt hat ‚Kalterer See' getrunken, aber das Anbaugebiet war doch ziemlich übersichtlich. Auf jeden Fall, damals, da hat's so um die sechzehn oder siebzehn Chiemsee-Fischer und ihre Familien gegeben. Die durften im See fischen. Sechs Fischerfamilien sind hier auf der Insel, sechs oder sieben auf der Westseite, und drei oder vier auf der Ostseite vom See. Und zwei von den Festlandfischern, man weiß nicht genau, wer das gewesen sein könnte, die haben die grandiose Idee gehabt, Renken und Saiblinge von Fischzuchten zuzukaufen und als Chiemseefisch zu vermarkten. Weil der Chiemseefisch schon immer teurer und beliebter war als der Fisch aus den Zuchtanstalten. Und deswegen waren die hier auf der Insel, um mal zu peilen, wer da wohl mitmachen würde. Die beiden hatten schon konkrete Pläne, nämlich, dass man einen Teil der Fische von einer Zucht bei Eggstätt kaufen könnte und einen anderen Teil von einer Zucht bei Bad Endorf. Der Loibner, der das Gespräch mitgehört hat, der ist gleich zum Rinds-

bacher und hat ihm das erzählt. Abends, da sind die zwei Wahnsinnigen dann zu den Fischern hier auf der Fraueninsel und haben denen gesagt: Wenn auch nur ein einziger das Spiel mit dem Zukaufen mitmacht, steht das am nächsten Tag in allen Zeitungen hier im Chiemgau. Wir werden hier keine Fischmafia zulassen, haben sie gesagt. Jetzt hat von den Insulanern sowieso keiner dran gedacht, mit irgendwelchen Leuten vom Festland krumme Geschäfte zu machen, aber der Loibner und der Rindsbacher, die waren von dem Abend an bei den Inselfischern voll unten durch. In die Wirtschaft vom Loibner ist keiner mehr gegangen, Fisch hat ihnen auch keiner mehr verkauft, und das Boot vom Loibner, das ist irgendwie am Liegeplatz abgesoffen. Seine Frau, die hat ihm nur noch Vorwürfe gemacht, und dann, dann ist der Loibner abgehaut. Über Nacht. Der Rindsbacher auch, aber erst ein paar Wochen später, das ist jetzt aber eine andere Geschichte. Bleiben wir beim Loibner, der ist nach Cuxhaven und hat dort seinen A 5 gemacht."

„Was ist denn das? Ein Auto?" Die Anna guckt leicht verwundert.

„Nein, Weib", sagt der Bertl, „ein A 5, das ist der Schein für ‚Seesteuermann auf großer Fahrt', verstehst? Dazu muss man fünfzehn Monate als Vollmatrose auf Schiffen mit mehr als 600 cbm Bruttoraumgehalt fahren und noch so einiges. Also gar nicht so einfach. Aber der Loibner, der hat's geschafft und war dann auf einem Frachter, der über alle Weltmeere geschippert ist. Da hat er alle Kontinente gesehen, die verschiedensten Menschen kennengelernt und endlich gewusst, was Freiheit ist. Da war er glücklich, und das war die schönste Zeit in seinem Leben."

„Und seine Frau?", fragt die Anna.

„Die ist hiergeblieben, auf der Insel. Und ist dabei sehr sonderbar geworden. Sie hat sich einen Raben gehalten, mit dem hat sie gesprochen, und der hat ihr mit Hühnerknochen oder sowas ein Orakel gelegt."

„Jetzt nicht dein Ernst, oder?"

„Doch", sagt der Bertl, „schon die alten Römer, die haben sich von Raben die Zukunft deuten lassen. Der Kaiser Domitian, zum Beispiel, der war beim Volk überhaupt nicht beliebt, und wenige Monate vor seiner Ermordung, da hat ein Rabe vom Dach des Kapitols runter geschrien: Es wird bald besser werden. Kurz drauf war der alte Domitian mausetot. Auf jeden Fall, der Rabe knallt die Hühnerknochen durch die Gitterstäbe, und die Frau vom Loibner, die liest aus den Knochen: Dein Mann wird ein furchtbares Unglück erleben, er wird zu dir zurückfinden, aber er soll nie mehr auf die weite See hinausfahren."

„Das ist ja gruselig", sagt die Anna, „und dann?"

„Tja, so war's aber. Der Loibner, der ist mit seinem Schiff auf Höhe der Osterinseln in einen fürchterlichen Sturm gekommen. Das Schiff ist gesunken, und von den acht Mann Besatzung, da haben nur drei überlebt. Der Loibner, der hat sich ein paar Brüche zugezogen und innere Verletzungen. Dann mussten sie auch noch wochenlang auf der Osterinsel auf einen Transport nach Europa warten. Weil die Osterinseln damals so

ziemlich der einsamste Fleck auf Gottes Erdboden waren. Okay, die Osterinseln sind nicht so ganz der Arsch der Welt, aber man kann ihn von da aus schon ziemlich deutlich sehen. Nur alle vier Wochen kam damals ein Versorgungsschiff von Chile rüber. Wieder zurück auf der Fraueninsel, da hat der Loibner dann bestimmt ein Jahr gebraucht, bis er wieder so richtig auf dem Damm war. Auch im Kopf, da war er lange Zeit ein bisserl sonderbar. Hat abends in der Wirtschaft den Touristen vom Festland ganz merkwürdige Geschichten erzählt."
„Welche denn?", fragt die Anna.
„Na, von seinen Reisen eben", sagt der Bertl, „von Tonga hat er zum Beispiel erzählt, dass er da an einen Friedhof gekommen ist. Die frischen Grabhügel, die waren gespickt mit leeren Wein- und Schnapsflaschen. Weil die Leute auf Tonga ihre Verstorbenen ins Paradies saufen, hat er gesagt. Also, immer, wenn da einer stirbt, dann zieht die ganze Trauergemeinde mit Spirituosen aller Art auf den Friedhof und trinkt Unmengen von Flaschen leer. Die werden dann mit dem Hals voran in den Grabhügel gesteckt. Und je mehr Flaschen da so in einem Hügel stecken, desto angenehmer wird die Reise des geschätzten Verblichenen ins Paradies. Auf Hawaii, so erzählte der Loibner, da gab's einen deutschen Bäcker, der sich ein kleines Imperium aufgebaut hat, ein dutzend Cafés und einige Supermärkte haben dem gehört. Jetzt hatte der aber keine Söhne, sondern fünf Töchter. Eine hässlicher als die andere. Und zum Loibner, da hat der Bäcker gesagt, wennst eine von meinen Töchtern heiratest, überschreib ich dir meine

Cafés. Ich weiß, hat er gesagt, dass die nicht besonders hübsch geraten sind, die Madel, aber du kannst dir ja eine ein bisserl schöner trinken, oder? Klar, hat sich der Loibner gedacht, und am nächsten Tag bin ich wieder nüchtern, und die ist immer noch so greislich.
Der Loibner konnte auch richtig lustig sein und witzige Geschichten erzählen, zum Beispiel die:
Ein riesiger Containerfrachter fährt durch die stockdunkle Nacht. Auf der Brücke starrt der Kapitän ins Dunkle und sieht voraus in einiger Entfernung ein Licht blinken. Er lässt seinen ersten Offizier per Scheinwerfer morsen: Ändern Sie Ihren Kurs um zehn Grad Ost. Sie sind auf Kollisionskurs mit uns. Das Licht voraus blinkt zurück: Ändern Sie doch Ihren Kurs um zehn Grad West. Der Kapitän auf dem Riesenfrachter ist stinksauer über so viel Arroganz und lässt morsen: Jetzt hör mal zu, ich bin ein Riesencontainerfrachter und ändere hier gar nichts, schon gar keinen Kurs.
Die Antwort kam sofort: Dann viel Spaß, ich bin ein Leuchtturm.
An dieser Stelle haben seine Zuhörer meistens eine neue Halbe bestellt, und wenn die Bedienung das Bier gebracht hat, hat er Sprüche raus gelassen wie: Resi, weißt du, warum große Schiffe immer Frauennamen tragen? Ganz einfach, weil sie so schwer zu lenken sind. Oder: Navigation ist, wenn mein Bier trotzdem ankommt.
Und die Resi, die hat ihn auch immer aufgezogen und Sachen gesagt wie: Loibner, wie nennt man einen dreckigen Matrosen?

Ein Meerschweinchen.
Aber meistens war er ziemlich trübsinnig, der Loibner. Wenn keine Besucher oder Touristen vom Festland da waren, hat keiner mit ihm gesprochen. Dann ist er meistens nach drei oder vier Bieren nach Hause gegangen und hat seiner Frau und ihrem behämmerten Raben zugesehen. Die alte Loibnerin hat ja mit dem Raben gesprochen wie mit einem Menschen.
Weil sie tatsächlich gedacht hat, der Rabe habe übernatürliche Kräfte und sie selber sei eine Hellseherin. Manchmal hat der Loibner sie auch damit aufgezogen und Sachen gesagt wie: Treffen sich zwei Hellseher auf der Straße. Fragt der eine den anderen: Na, wie geht's mir denn?"
„Ja, warum ist er denn nicht wieder zur See gefahren?", fragt die Anna.
„Das wollte er schon, das hat ihn ja irgendwie am Leben gehalten", sagt der Bertl, „weil er natürlich nach seiner Genesung an die Reederei geschrieben hat, dass er wieder fit sei und gerne wieder in See stechen würde. Die haben ihm zurückgeschrieben, dass im Moment kein Steuermann gebraucht würde, dass sich aber bestimmt was täte, und sie meldeten sich dann bei ihm, wenn's soweit sei. Jetzt musst du dir vorstellen, dass der Loibner immer auf Post gewartet hat. Jahraus und jahrein. Immer, wenn seine Frau mit den Briefen und der Zeitung gekommen ist, hat er sie angesehen, und sie, sie hat immer nur den Kopf geschüttelt. Sie hat ihm natürlich gesagt, dass der Rabe der Meinung ist, dass er, der Loibner, nicht mehr auf ein Schiff gehen soll,

weil sonst ein noch größeres Unglück passiert. Aber das hat den Loibner nicht interessiert. Er wollte wieder auf See. Das ist sein einziger Wunsch und sein großer Traum gewesen. Der Rindsbacher, der hat ihm ab und zu geschrieben, der war mit einem alten Seelenverkäufer unter malaysischer Flagge unterwegs. Da kam zum Beispiel eine Karte aus Kalkutta, wo der Rindsbacher Zeuge einer Witwenverbrennung gewesen ist. Wenn ich jetzt deine Frau dahätt, so hat er geschrieben, dann ginge das gleich in einem Aufwasch. In Südafrika, da hat der Rindsbacher eine alleinstehende deutsche Dame kennengelernt, die im Lotto gewonnen hatte und sich von dem Gewinn eine Farm in der Nähe von Windhoek gekauft hat. Die hat zu ihm gesagt: Frau mit sechs Richtigen sucht Mann mit einem Richtigen. Da ist der Rindsbacher aber schnell geflohen.

Und so ist die Zeit vergangen für den Loibner. Langsam und quälend.

Mit Warten auf den erlösenden Brief, der nie gekommen ist.

Abends, auf seiner Veranda, da hat der Loibner in die Sterne geschaut. Im Wirtshaus, da hat er mal gesagt: In hellen Nächten sieht man in die Seele. Hat aber keins von den Freibiergesichtern verstanden, die da am Tisch saßen."

„Und seine Frau, was hat die gemacht?", will die Anna jetzt wissen.

„Die alte Loibnerin?", sagt der Bertl, „die ist immer mystischer geworden. Hat angefangen, auch einigen von den Inselfrauen die Zukunft vorherzusagen. Weil

sie ja im direkten Kontakt zu verschiedenen Geistern steht, hat sie gesagt. Unter anderem auch zu denen aus der versunkenen Stadt Roglau."
„Wo ist denn jetzt das?", fragt die Anna.
„Unter uns, irgendwo", sagt der Bertl, „weil's die Sage von der versunkenen Stadt Roglau gibt: Die Inseln und Halbinseln im Südwestteil vom Chiemsee, die haben mal eine zusammenhängende Landmasse gebildet. Mitten drauf war die Stadt Roglau. Ein sagenhaft schöner Ort, mit blühenden Gärten und fruchtbaren Äckern rundherum. Die Bewohner waren reich, haben riesige Vieherden gehabt, haben sich um nicht viel kümmern müssen, weil der Boden so fruchtbar war. Und weil alles im Überfluss da war, haben die Menschen von Roglau bald keinen Respekt mehr vor den Lebensmitteln gehabt. Brot und Würste haben sie oft nur angebissen und dann weggeworfen, und ihre Kinder, die haben mit Brotlaiben Fußball gespielt. Den Pfarrer haben sie verjagt und in der Kirche, da haben sie Schweine gehalten. Aber dann ist irgendwann ein verheerender Sturm aufgekommen, und der Wasserstand vom Chiemsee, der ist angestiegen, unaufhaltsam. Der Sturm hat die Häuser eingerissen, und das Wasser hat den Rest der Stadt verschlungen. Nur zwei erhöhte Stellen, auf denen fromme und gläubige Männer und Frauen ihre Klöster gebaut haben, die blieben verschont und ragen heute als Inseln aus der riesigen Wasserfläche des Chiemsees hervor. Seit dieser Zeit liegt die Stadt Roglau auf dem Grund des Sees. Und in windstillen Nächten, wenn das Wasser klar wie ein

Spiegel ist und der Mond hell strahlt, da kann man aus der Tiefe einen Kirchturm herauf schimmern sehen. Die Fischer sagen sogar, dass man an nebligen Tagen die Glocke der versunkenen Stadt Roglau vom Grund des Sees hören kann. Was sagst jetzt?“

„Jetzt bin ich platt“, sagt die Anna, „und was hat das mit der Loibnerin zu tun?“

„Frau, von da sind ihre Hausgeister gekommen, die haben es ja nicht weit zur Arbeit gehabt, nicht wahr?“, sagt der Bertl, „aber wie‘s so ist, die Roglau-Sache war nur der erste Schritt. Bald hat sie den Inselfrauen erzählt, dass sich ein neuer Geist bei ihr vorgestellt hat, nämlich ein Mönch, den es während der Säkularisation von Herrenchiemsee kalt erwischt hat.“

„Säku..was?“, fragt die Anna.

„Säkularisation, du Brieftaube!“ Jetzt wird der Bertl doch ein bisserl ungeduldig und sagt: „Das bedeutet, dass sich der Staat die Klöster gekrallt hat, und das hat den Mönchen natürlich gar nicht gepasst. Auf Herrenchiemsee, da war das zum Beispiel so, dass das Bistum 1215 gegründet wurde, und auf Frauenchiemsee sogar schon um 1213. Und kaum ein paar Wochen später, nämlich um 1808, da hat sich der bayrische Staat die Sache unter den Nagel gerissen. Das ist dem Mönch so auf den Bürzel geschlagen, dass er kurzerhand gestorben ist und seitdem diesen Spukjob auf Herrenchiemsee hat. Das war dann auch so ein Hausgeist von der Loibnerin. Über kurz oder lang sind dann auch Frauen aus Prien und von anderswoher gekommen, um sich die Zukunft deuten zu lassen. Dann ist die Loibnerin auf eine neue Geschäftsidee gekommen, nämlich: Kontaktaufnahme mit den geliebten Verstorbenen. Die erste Sitzung, die war allerdings eine ziemliche Katastrophe."

„Jetzt sag bloß, dass du da dabei warst", fragt die Anna.

„Nein, war ich nicht", sagt der Bertl, „aber der Rabe von der Loibnerin, der hat mir das erzählt. War übrigens ein ziemlich arroganter Federfurzer, der Kerl. Aber weil die Loibnerin die Verstorbenen-Nummer ohne ihn durchgezogen hat, da war er sauer. Also, das ist so abgelaufen: Eine Frau aus Prien, die wollte mit ihrem verstorbenen Mann sprechen. Sie wollte wissen, wo, zum Teufel, er ihre Kontaktlinsen versteckt hat, kurz bevor er gestorben ist. Kein Problem, hat die Loibnerin gesagt. Abends, im Wohnzimmer, da hat sie bis auf ein paar Kerzen alle Lichter gelöscht, weil Geister, besonders die von Frischverstorbenen, bekanntlich ziemlich lichtscheu sind. Auf dem Tisch, da war ein Brett mit Buchstaben drauf, und in der Mitte von dem Brett, da war ein Glas, das auf dem Kopf stand. Die Loibnerin hat also allerhand Zaubersprüche gemurmelt, und zu der Dame, die ihr genau gegenübersaß gesagt: Jetzt haben wir einen Kontakt, legen wir jeder einen Finger auf das Glas. Kurz drauf ist das Glas wie verrückt zwischen den Buchstaben hin und her gepfiffen.

Der stottert, hat die Loibnerin gesagt, das ist bestimmt ein Österreicher, die stottern gern ein bisserl. Da ist der Geist noch wütender geworden und hat gemeint, er wär kein Österreicher, sondern ein lupenreiner Belgier, mit einem kleinen Alkoholproblem, zugegebenermaßen.

Entschuldigung, da bin ich wohl falsch verbunden, hat die Loibnerin gesagt und schnell das Glas vom Brett genommen.
Beim nächsten Geist sind sie dann über die ersten zwei Buchstaben nicht hinausgekommen: Hi, und dann kurz drauf nochmal: Hi.
Sonst nichts.
Das ist entweder mein Mann, der sich schlapplacht in seiner Kiste, oder es ist der Hitler, sagt die elegante Dame aus Prien.
Das glaubt die Loibnerin aber nicht, weil so berühmte Geister wie zum Beispiel besagten Hitler, die kriegst du nicht so einfach an die Strippe, hat sie gesagt, da sind die viel zu arrogant für sowas.
Obwohl, hat sie dann weiter gemeint, wenn wir uns als Rin-Tin-Tin ausgeben würden, dann tät's vielleicht klappen, weil der Rin-Tin-Tin, das war so ein sprechender Schäferhund, sowas würde sogar den Hitler interessieren.

Sie haben es dann noch einmal probiert, aber dann war ein Geist in der Leitung, der doch ziemlich geschwäbelt hat. Das ist bestimmt ein Hochstapler, hat die Loibnerin gesagt, und zu dem Geist: Komm wieder, wennst g'scheit Bayrisch kannst, und: Tschüß, alter Knochenhaufen!
Die Dame aus Prien, die war dann aber nicht mehr so recht zu begeistern und ist gegangen. Und die Loibnerin, die hat den Käfig mit dem Raben wieder aus der Speisekammer geholt und gesagt: Dann machen wir

halt mit dem alten Schmarrn weiter."
„Ja, und dann? Jetzt muss ich das Ende auch hören."
„Dann? Tja, dann war das so, dass die Loibnerin zwar anderer Leute Zukunft so hindrehen konnte, dass die alle anstandslos bezahlt haben, aber mit ihrer eigenen Zukunft, da hat sie ein bisserl geschludert", sagt der Bertl.
„Warum?"
„Weil sie ziemlich schnell ziemlich krank geworden ist und dann, ein paar Wochen später mir nix, dir nix, gestorben ist."
„Das ist ja unglaublich", sagt die Anna, „was hat denn der arme Mann gemacht?"
„Der?" Der Bertl blickt über die Schulter zum Fenster des alten Holzhauses. Aus dem Raum hört man jetzt lautes Gelächter. „Der hat das Ganze ziemlich pragmatisch gesehen. Kurz nach der Beerdigung hat der alte Loibner ihre Sachen zusammengesucht, und was glaubst du, was er da gefunden hat?"
„Einen Schatz?"
„Nein, du Suppenhuhn, keinen Schatz, sondern einen Brief. Einen Brief von seiner alten Reederei, und den haben sie abgeschickt, ein paar Wochen, nachdem sie ihm geschrieben hatten, dass im Moment kein Job für ihn frei ist. Erinnerst du dich?"
„Klar, und dann?"
„Tja, in dem Brief stand: Sehr geehrter Herr Loibner, wir freuen uns, dass wir Ihnen einen Posten als erster Steuermann auf der ‚MS Antonia' anbieten können. Das Schiff konnten wir kurzfristig von der Star-Line

übernehmen und einflaggen, und wir würden uns mit Ihnen als erstem Steuermann eine neue und lange Zusammenarbeit wünschen. Ihre Nachricht erwarten wir im Lauf der nächsten zwei Wochen. Mit freundlichen... und so weiter."

„Ich glaub es nicht, wie gibt's denn das?" Die Anna, die ist jetzt echt entsetzt.

„Seine Frau, meine Liebe", sagt der Bertl, „die hat ja die Post abgefangen und weil sie nicht wollte, dass der alte Loibner wieder zur See fährt, da hat sie ihm den Brief einfach unterschlagen. Und in dem Moment, in dem er den Brief gefunden und gelesen hat, da ist für ihn natürlich die Welt in Scherben zersprungen. Dann, nach ein paar Tagen, da hat er zu dem Raben gesagt: Wenn du was von ihr hörst, dann sag, sie soll bloß bleiben, wo sie ist. Und wenn sie mit mir Kontakt aufnehmen will, dann sag ihr, ich bin nicht da und sie soll freundlicherweise auf den Anrufbeantworter fluchen."

„Und dann?"

„Dann hat der Rindsbacher ein paar Monate später abgemustert und ist zurück auf die Fraueninsel gekommen. Und seitdem treffen sie sich hier alle paar Tage, oder besser gesagt, Abende, und plappern über alte Zeiten."

Beide Möwen zucken jetzt erschreckt zusammen, weil über ihnen das Fenster geöffnet wird, und man die Stimme vom Loibner hört: „Der Rauch muss naus. Was war denn noch gleich wieder der Lieblingswitz von dem Schweden, der als EO auf der Britannia gefahren ist. Weißt schon, der, mit dem wir in Rio die

Espressotassen geklaut haben?"
„Der Ake? Der hat zwei Lieblingswitze gehabt", das ist jetzt die Stimme vom alten Rindsbacher, der sagt: „Der eine, der war so: Kommt der Matrose zum Käpt'n und sagt: Wir haben einen blinden Passagier gefunden. Der Käpt'n sagt: Über Bord mit ihm. Nach fünf Minuten kommt der Matrose und sagt: Erledigt, Sir, aber was machen wir jetzt mit seinem Hund?"
Die zwei alten Knaben lachen, und man hört Gläserklirren.
„Der andere, das war der", sagt der alte Rindsbacher: „Da will einer von Bremerhaven nach Amerika. Hat aber kein Geld für die Passage. In einer schmierigen Seemannskneipe am Hafen unten, da sagt ihm einer von den Thekensäufern: Pass auf, morgen früh um fünf, da läuft ganz hinten am Amerika-Kai ein sonderbares Schiff ab. Die brauchen da aber noch Leute. Da geht der Typ hin. An Bord, da ketten sie ihn gleich an der Ruderbank fest, zusammen mit zwanzig oder dreißig anderen Männern, und ein Kerl mit Peitsche sagt: Wir setzen auf alternative Antriebe. Ihr Burschen, rudert dieses Schiff jetzt nach Amerika! Mein Kollege vorn an den Drums, der gibt den Beat vor, und wenn einer von euch schlappmacht, dann kriegt er von mir eine mit der Neunschwänzigen hier, kapiert? Und so rudern sie über den Atlantik, wochenlang. Zu essen gibt es altes Brot und zu trinken ranziges Wasser. Nach einer endlosen Zeit der Qualen und der Schläge erreichen sie endlich den Hafen von New York. Der Peitscher löst ihnen allen die Ketten und sagt: Na, ihr Luschen,

noch irgendwelche Fragen bevor ihr euch verkrümeln könnt? Da sagt unser Typ doch glatt: Ja, wie viel gibt man dem Schlagzeuger da vorne Trinkgeld?“
Und wieder kommt dröhnendes Lachen aus dem alten Holzhaus. Und die Anna sagt zu ihrem Bertl: „Lass uns zum Schlafen woanders hinfliegen, hier krieg ich kein Auge zu.“

Mord? Wer macht denn sowas?

Beim Klosterwirt wird's auch schon so langsam dunkel, und hinter den Fenstern gehen die Lichter aus. Auf der Wiese neben dem Hauptsteg, da ist kein Mensch mehr. Auch die vorlauten und verfressenen Enten haben sich verkrümelt, wie der Bertl im Landeanflug sieht.

„Da unten, hinter dem Kiosk, auf der Klosterwirt-Seite, da könnten wir doch ein ruhiges Plätzchen finden, oder?" Die Anna fliegt so weit vor ihm, dass er die Worte richtig rausschreien muss.

Jetzt peilt sie aber, den Kopf schräg gelegt, nach unten und ruft zum Bertl zurück: „Okay, Landeerlaubnis erteilt, gehen Sie auf Landebahn Ost, und rollen Sie dann in den Hangar unter dem Langnese-Eisschild! Over and out."

„Waldschnepfe", denkt der Bertl, sagt aber nichts, sondern geht in den Sturzflug, wie er das in jungen Jahren immer gemacht hat. Seine Flügelfedern zittern, und die Augen tränen ein bisschen, aber es macht Spaß, mal wieder so richtig einen auf jung zu machen. Er zieht den Bauch ein und hofft, dass die Anna sein mörderisches Manöver sieht und ihn gleich dafür bewundern wird.

Jetzt zeig ich ihr mal, wo der Bartl den Most holt, denkt er sich.

Gut, die Landung ist ein bisschen hart ausgefallen, aber er ist ja auch nicht mehr der Jüngste.

Hinter ihm kreiselt eine Schwanzfeder zu Boden, und ein böser Gichtschmerz zieht durch den linken Flügel.

Auch wenn am Gipfel schon Schnee liegt, kann im Tal noch ein Feuer brennen. Das ist einer von Bertls Leitsätzen.

Weich wie eine Daune kommt dieses überhebliche Möwenweib neben ihm zu Boden.

„Du Ärmster“, sagt die Anna, „bist du in ein Windloch gekommen? Das war ja furchterregend, wie du da beinahe abgestürzt wärst. Hast du dir wehgetan?“

Es gibt Momente, da könnte ich sie…, denkt er sich, aber meistens ist sie nett, und Frauen haben ja vom Sportfliegen erwiesenermaßen keine Ahnung.

Also Schwamm drüber und Themawechsel.

„Sag einmal, Ännchen, würd‘s dich nicht mal reizen, urlaubsmäßig auf ein Schiff zu gehen? Also, nicht hier auf dem Chiemsee, sondern sowas wie eine richtige Kreuzfahrt. Nur du und ich?“

„Nenn mich nicht Ännchen, du luftkranker Staubwedel! Und: Nein, ich will auf keine Kreuzfahrt. Eine Tante von mir, die ist mal auf einem Kreuzfahrtschiff gewesen. Auf der „MS Romanza“. Die Fahrt ging ab Venedig durch den Kanal von Korinth, weiter nach Santorin. Da ist sie dann aber ausgestiegen. Oder besser gesagt: ausgeflogen.“

„Warum?“, fragt der Bertl.

„Weil auf dem Schiff achthundert Luxemburger waren. Von ‚Voyages Dingsbums‘, und die waren permanent besoffen.“

„Das ist doch aber nicht so schlimm, wenn man im Urlaub mal einen nimmt, oder?“

„Doch“, sagt die Anna, „weil da auch Künstler mit an

Bord waren. Unter anderem ein Zauberer, auch ein Luxemburger. Der hat diese unsägliche Nummer mit den weißen Tauben gemacht. Und am dritten oder vierten Tag, da hat sich der Täuberich von dem Zauberer in meine Tante verliebt, und der Zauberer, der hat die beiden in flagranti hinter dem blauen Schornstein mit dem großen weißen X erwischt. Dann hat der Zauberer zusammen mit einer Schar von besoffenen Luxemburgern Jagd auf meine Tante gemacht, und sie konnte in letzter Sekunde in die Außenkabine des Veranstalters fliehen. Der ist aber dann mit einer Fliegenklatsche auf meine Tante losgegangen und hat gebrüllt: Dass ich um diese Zeit weiße Mäuse sehe, das ist ja normal, aber eine weiße Möwe, das ist mir jetzt eine Nummer zu viel."

„Ja, und dann?", fragt der Bertl.

„Dann ist sie vorgeflogen bis zur Ankerkette. Da waren noch zwei ägyptische Matrosen am Zigarettenrauchen, und da hat sie dann gewartet, bis Santorin in Sicht kam, dann ist sie auf die Insel rübergeflattert."

„Woher willst du denn jetzt wissen, dass die beiden Matrosen vorn an der Ankerkette Ägypter waren?" Dem Bertl kann man ja viel erzählen, aber alles glaubt er nicht.

„Weil", sagt die Anna, „weil der einmal auf einem Kreuzfahrtschiff auf dem Nil gearbeitet hat und dem anderen eine Geschichte aus dieser Zeit erzählt hat. So!"

„Und das hat sich deine Tante alles gemerkt?" Der Bertl hat jetzt ein Auge zugekniffen und sieht die Anna

im bleichen Mondlicht zweifelnd an, „dann erzähl sie doch mal, diese Geschichte."
„Klar, du Schlaumeier", sagt die Anna, „also, das war so:
Ein Nil-Kreuzfahrtschiff ist am Sinken. Der Kapitän schreit in allen möglichen Sprachen mit einen Megaphon rum, dass sich die Passagiere in die Rettungsboote schmeißen sollen. Und zu seinen Matrosen sagt er: Wir nehmen die Frauen zuerst, aber schnell. Sagt einer der Matrosen zum Käpt'n: Super, haben wir denn noch so viel Zeit?
Nein, im Ernst jetzt. Die meisten Passagiere haben es in die Boote geschafft, nur ein Pärchen aus Wuppertal, das hat keinen Platz mehr in diesen wenigen Rettungsbooten bekommen. Und so springen die beiden über Bord in das warme, undurchsichtige Nilwasser. Sie schwimmen von dem sinkenden Schiff weg, und nach ein paar Metern sieht der Mann rechts voraus zwei Krokodile auf sie zukommen. Er ruft zu seiner Frau nach hinten: Schau, da, vor uns!
Und sie schreit zurück: Find ich ja echt super von diesen Ägyptern. Kein Hemd am Hintern, aber die Rettungsboote, die sind von Lacoste."
Der Bertl, der weiß, wann er veräppelt wird. Also ordnet er seine Schwanzfedern und fragt scheinbar gelangweilt: „Und deine Tante, wie ist die denn wieder hierher zurück an den Chiemsee gekommen? Mit UPS oder was?"
„Nein, du Schlaubolzen", sagt die Anna, „da, auf der Insel, da hat sie ein paar Möwen aus Bernau getroffen.

Die haben auf Santorin vierzehn Tage Survival-Urlaub gemacht. Und mit denen ist sie dann zurückgeflogen nach Deutschland."

„Nonstop?"

„Nein", sagt die Anna, „unterwegs sind sie gottseidank auf einen Wohnmobil-Konvoi aus Eggstätt gestoßen, der kam wohl aus Kroatien zurück. Und da sind sie auf dem Dach von einer dieser Schüsseln bis Prien mitgefahren."

„Was es alles gibt", sagt der Bertl, „dann brauch ich dir ja wohl heute keine Gutenachtgeschichte mehr zu erzählen. Schlaf gut, Frau Münchhausen."

Der Bertl ist jetzt schon ein bisschen beleidigt und legt seinen Kopf nach hinten auf die Schulter und macht die Augen zu.

Die Anna, die rückt ganz nahe an ihn ran und zupft an seinen kleinen Nackenfedern.

„Bertl", flüstert sie, „keiner kann so erzählen wie du, das weißt du doch. Komm, eine Geschichte. Eine einzige, vielleicht was Romantisches, okay?"

„Pfff", macht der Bertl und überlegt. Aber nur kurz. Klar, da gibt es eine Geschichte, die hat hier, genau hier beim Klosterwirt ihren Anfang genommen.

Und diese Geschichte, die hat die gesamte Fraueninsel in ihren Grundmauern erschüttert. Die soll sie jetzt zu hören kriegen. Mal sehen, ob sie dann noch schlafen kann.

„Lehn dich an mich, mach die Augen zu und unterbrich mich jetzt nicht mehr, obwohl ich weiß, wie schwer dir das fällt", sagt der Bertl und konzentriert sich.

„Voriges Jahr, da waren zwei Brautleute beim Klosterwirt, um mit dem Chef das Hochzeitsmenü zu besprechen. Er, das war der Hannes aus Pittenhart, und sie, sie war die Jacky aus Schruns in der Schweiz... und so war's:

„Ja, also“, sagt der Wirt, „haben sie schon eine Idee, wie das Menü an Ihrem schönsten Tag aussehen soll?“
„Schon“, meint der Hannes, „eine Suppe, dann ein Hauptgang mit einem schönen Stück Fleisch, als Beilage Nudeln und dann…“
„Nei, keine Nüdeli, oderrr?“, sagt die Jacky in ihrem niedlichen Schweizer Dialekt (soweit man das niedlich findet, dass die Schweizer nach jedem zweiten Wort „oderrr“ sagen).
„Keine Nudeln, sehr wohl“, sagt der Wirt, „aber wie wär's mit Tortellini?“
„Das sind aber doch auch Nüdeli, oderrr“, sagt die Jacky, „ich hab nämlich eine Nüdeli-Allergie.“
„Eine Nudelallergie, schon klar“, sagt der Wirt und schaut den Hannes an.
Der zuckt mit den Schultern und sagt: „Meine Jacky, die war in erster Ehe mit einem Italiener verheiratet. Und da hat's jeden Tag Nudeln gegeben. Sogar in der Hochzeitsnacht. Außerdem war der Hauptmann bei der Berufsfeuerwehr. Und da hat die Jacky schon in der ersten Nacht zu ihm gesagt: mehr Schlauch. Und seitdem hat sie eine Nudelallergie.“
Der Wirt nickt voller Verständnis und fragt die Jacky: „Gut, anders rum, was würden Sie sich denn für Ihren

schönsten Tag hier bei uns wünschen? Meine Leute in der Küche, die kriegen fast alles hin."
Jetzt strahlt die Jacky.
Sie nimmt den Wirt bei der Hand und sagt: „Anfangen würd ich das Menü gerne mit einer Soup Bleu, die hab ich bei uns auf der Chrütli-Alm immer so gerne gegessen. Das ist so eine blaue Suppe mit so einem Schimmer drin. Das war die große Spezialität vom Chrütli-Wirt, oderrr."
Der Chef des Hauses runzelt die Stirn und fragt: „Ja, was ist denn da drin in dieser Suppe?"
„Das weiß keiner, das war eben die Spezialität vom Chrütli-Chef. Da sind die Leut weit herkommen, nur für seine berühmte Soup Bleu, oderrr. Was dann auch noch gut war, das war sein Chrütli-Poulet, das müssen Sie uns hier auch machen. Unbedingt."
„Hab ich noch nie gehört, was ist denn das?", fragt der Wirt und kratzt sich am Kopf.
„Das Chrütli-Poulet? Das ist so ein Hühnergeschnetzeltes, so ähnlich wie ein Schweinsmokka, oderrr, mit einer leichten Schottersoße stabil gemacht und im Körbli serviert. Ganz allerliebst, das."
„Wissen Sie was, ich ruf Ihren Dings-Wirt einfach mal an, vielleicht verrät er mir, wie diese Speisen zubereitet werden", sagt der Wirt.
„Das wird nicht gehen", meint die Jacky, „weil er da oben auf seiner Chrütli-Alm kein Telefon hat. Und er hat's auch nicht so gern, wenn man einfach so ohne Voranmeldung bei ihm vorbeikommt, da ist er ein bissel eigen, da muss man schon vorher reservieren

oder Bescheid geben, sonst kriegt man da oben nichts, oderrr."
Der Wirt sieht den Hannes an, der zuckt mit den Schultern und verdreht die Augen.
„Gut", sagt der Wirt, „andersrum gefragt: Wie reservieren denn die Gäste auf dieser sagenhaften Chrütli-Alm?"
„Ja, mit Brieftauben, oderrr", sagt die Jacky ganz entrüstet, „obwohl, im Sommer, da schickt er auch einmal in der Woche sein Berner Sennhündli ins Tal, da kann man dem Hund dann ein Zetteli zustecken."
„Ist jetzt aber nicht wahr", sagt der Wirt zum Hannes, „von da kommt Ihre Frau?"
„Ja, schon", sagt der Hannes aus Pittenhart, „deshalb können wir Ihnen auch heute noch nicht so genau sagen, wie viele Gäste wir dann bei Ihnen zum Essen haben. Von meiner Seite aus schon. Da sind wir dreiundvierzig. Aber wie viele von der Verwandtschaft meiner Frau wir benachrichtigen können, das weiß ich jetzt noch nicht. Ein paar von denen, die wohnen echt abgelegen in diesen Schweizer Tälern."
„Ah so", sagt der Wirt, „das geht wohl auch mit Brieftauben?"
„Größtenteils", sagt der Hannes, „auf einige der Berghöfe können wir aber auch Lawinenhunde schicken. Das ist für die im Sommer ein gutes Training."
Der Wirt, der zweifelt so langsam an der ganzen Situation und sieht sich den Hannes genauer an.
„Sie kenn ich doch von irgendwoher", sagt er, „vom Fernsehen vielleicht? Versteckte Kamera? Nein, warten

Sie, jetzt weiß ich's: aus dieser Serie auf dem Privaten Dings-Sender, wie heißt er doch gleich noch mal? Ah, jetzt fällt mir das wieder ein, die Sendung, die heißt: ‚Lonesome Farmer'. Stimmt's? Wo die da für einen einsamen Bauern eine Frau suchen. Hab ich Recht?"
Dem Hannes, dem wird die ganze Situation so langsam ein bisschen peinlich. Er nickt mit dem Kopf und sagt: „Ja, und da hab ich die Jacky gekriegt. Die war der Trostpreis. Aber dafür bezahlt der Sender das Hochzeitsessen."
„Die Kirche weiß, warum sie ihre Priester vor der Ehe schützt", sagt der Wirt zum Hannes, und weiter: „Da haben Sie doch auch so Ausscheidungskämpfe und sowas gemacht, ich hab das mal im Fernsehen gesehen. War da nicht auch was mit Radfahren?"
„Ja, doch", sagt der Hannes, „Radrennen. Ein Rundkurs in Prien. Achtzigmal um die Kirche rum. Ich hab da sogar was gewonnen: eine Kaffeemaschine."
„Die hast du nicht gewonnen, die haben die vom Roten Kreuz vergessen", sagt die Jacky, „und außerdem hast du auch das Rennen nicht gewonnen, sondern bist Letzter geworden, weil du immer abgestiegen bist und jedem die Hand geschüttelt hast, der für dich geschrien hat, oderrr."
„Ich hol uns jetzt einmal ein paar Schnäpse", sagt der Wirt. Und so hat das Unheil seinen Lauf genommen.
Weil man sich jetzt folgende Situation vorstellen muss: Der Hannes und die Jacky und der Chef des Hauses, die sitzen beim Klosterwirt in der Gaststube. Gleich hinten rechts, an einem der schönsten Tische. Vor

ihnen steht eine Flasche Rotwein, ein 89er ‚Zweigelt Carnutum'. Außerdem ein paar Häppchen Käse und geräucherter Schinken sowie Aal und Renken-Matjes. Der Wirt, ein gestandenes Mannsbild um die Fünfzig, der findet die Jacky immer attraktiver, je länger er sie ansieht. Ist ja auch eine gutgewachsene Brünette um die Achtundzwanzig, Dreißig. Mit solidem Schweizer Vorbau und einem netten Gesichtchen.
Und jetzt schau sich einer den Hannes aus Pittenhart an, denkt sich der Wirt. Wenn es eine Formel Eins für Güllefahrer gäb, dann hätte der Hannes ständig die Pole-Position. Aber zu mir, denkt der Wirt, zu mir würde die Jacky passen wie Remoulade zum Matjes, wie ein Knödel zum Braten, wie…, ach ich weiß auch nicht. Und grade jetzt, mit dieser ganzen Eurokrise, da könnte einem doch nichts Besseres passieren, als eine Schweizerin in der Familie zu haben, denkt er weiter. Oder eine Norwegerin, die wär zugegebenermaßen auch nicht schlecht, wegen der Norwegerkrone. Aber die Norwegermädels sollen furchtbar verfressen sein, sagt man. Ein Spezl vom Wirt, der hat eine Norwegerin geheiratet, und der ist seitdem eigentlich nur am Jammern. Eigentlich wollt ich eine, die kochen kann wie meine Mutter, hat er immer gesagt, und jetzt hab ich eine, die kann saufen wie mein Vater.
„…oderrr, so einer wie Sie, der sollte doch auch schon lange verheiratet sein, nicht wahr?"
Den ersten Teil von dem Satz, den die Jacky da zum Wirt gesagt hat, den hat er nicht mitbekommen, weil er in Gedanken und bei dem architektonisch gelunge-

nen Schweizer Vorbau war. Erst beim „Oderrr“, da ist er wieder zu sich gekommen.

„Wer, ich?“, sagt er, „ich war schon einmal verheiratet. Hat aber nicht lange gehalten. Schon die Vorgeschichte, die hätte mich warnen sollen.“

„Was denn für eine Vorgeschichte?“, fragt die Jacky.

„Ja wissen Sie, mein schönes Fräulein, das war so“, sagt der Wirt, „meine Frau, die war schon was Besonderes. Eine tolle Frau. Aber sie hat eine jüngere Schwester gehabt, und die war waffenscheinpflichtig. Eine Zehn. Unfassbar. Die ist immer in Minis und mit weit ausgeschnittenen T-Shirts rumgelaufen, und wenn ich in der Nähe war, dann hat sie sich immer nach vorne gebeugt oder sowas in der Art, das Luder. Dann hat sie mich irgendwann mal angerufen und wollte mich alleine treffen, um mit mir über die Hochzeit ihrer Schwester zu reden, und auch, um einen Überraschungsgag auf der Hochzeitsparty mit mir durchzusprechen, wie sie sagte. Als ich dann bei denen im Haus ankam, da waren wir ganz alleine, und sie, sie hatte ein durchsichtiges Nichts an und flüsterte mir gleich an der Haustüre ins Ohr: Nur ein einziges Mal will ich mit dir schlafen, bevor du meine Schwester heiratest. Nimm mich. Jetzt und hier. Gleich. Ich hab kein Wort gesagt, hab mich umgedreht und bin zu meinem Auto zurückgelaufen. Vor meinem Wagen stand aber schon mein zukünftiger Schwiegervater und hat mich umarmt und fast vor Freude geweint und zu mir gesagt: Ich bin so glücklich, dass du diesen Test bestanden hast. Jetzt weiß ich, dass meine Tochter einen guten und treuen Mann be-

kommt. Komm her, lass dich küssen und verzeih mir diesen Test."
Die Jacky, die schaut jetzt doch ein bisschen verständnislos durch die Gegend, und der Wirt sagt mit einem Grinsen im Gesicht: „Wollen Sie die Moral von der Geschichte auch noch hören? Hier ist sie: Bewahre deine Kondome immer im Auto auf."
Jetzt lacht sie sich aber schief, die Jacky, und sie beugt sich über den Tisch und haut dem Wirt auf die Schulter und sagt: „So einer wie du, der könnt mir auch noch gefährlich werden, oderrr."
Der Hannes, der kann da nicht so recht mitlachen und sagt: „Holen Sie uns doch bitte noch einen Schnaps, ich glaub, ich könnt jetzt einen vertragen."
Aus dem einen, da sind dann zehn oder zwölf geworden, und zwei Flaschen von dem guten „Carnutum" haben sie auch noch geleert.
Das letzte Schiff aufs Festland rüber, das war auch schon lange weg, und der Wirt, der hat gesagt: Dann bleibts doch einfach hier, ich mach euch ein schönes Zimmer fertig. Geht aufs Haus. Und morgen früh, da machen wir eine nettes Frühstück zusammen, wir drei. Per „Du", das waren sie zu diesem Zeitpunkt schon lange. Der Hannes, der hat sich gedacht, so ein Depp ist der doch eigentlich gar nicht, dieser Wirt. Und der Wirt, der hat sich gedacht, morgen früh, da kann ich vielleicht ein bisserl allein mit der Jacky reden, und vielleicht… Man weiß ja nie.
Tja, und die Jacky, die hat gedacht, also, als Wirtin, hier drin, das könnt ich mir wesentlich besser vorstel-

len als auf einem Bauernhof den Kühen vor dem Melken immer erzählen zu müssen, dass ich von Natur aus so kalte Hände habe, und dass sie das bitte nicht persönlich nehmen sollen, oderrr.
Leider hat's auf dem Hotelzimmer noch einen kurzen, aber sehr lauten Streit gegeben, so dass sich die Jacky im Bad eingeschlossen hat, bis der Hans zu schnarchen angefangen hat.
So sind sie dann in den Schlaf gesunken, jeder mit seinen Träumen.
Am nächsten Morgen, ziemlich früh, so um halb sieben muss es wohl gewesen sein, da haut der Hannes unten an der Rezeption wie verrückt auf die Glocke und schreit: „Der Chef, ich will sofort den Chef sprechen, jetzt, gleich und auf der Stelle!"
Der Wirt kommt aus der Küche geschossen und sieht den Hannes da stehen, aufgelöst und mit wirren Haaren.
„Ja, was hast denn, Hannes?", fragt er.
„Meine Jacky ist weg. Die ist bestimmt bei dir, du Haderlump! Meinst, ich hab nicht gemerkt, wie du gestern gebaggert hast. Dass d' dich nicht schämst, du Eheverhinderer, du ausgschamter!"
„Jetzat bewahr die Contenance, Hannes, das ist bestimmt ein Missverständnis. Wahrscheinlich ist die Jacky auf dem Klo. Frauen sind immer auf dem Klo, wenn man sie sucht, das weiß ich aus Erfahrung."
„Weg ist sie", schreit der Hannes, „weg. Und weißt, was das Schlimmste ist? Wenn die vom Sender das erfahren, dann stellen die mir eine Neue hin. Weil auf

der Jacky, auf der war ja noch Garantie, verstehst?“
„Jetzt bleib einmal ruhig, jetzt suchen wir das Haus ab, und in ein paar Minuten, da haben wir deine Jacky. Und dann, dann trinken wir einen Schampus auf der Terrasse, und alles ist in Kräuterbutter. Hast mich?“
Genau das haben sie gemacht, die beiden.
Von der Jacky aber keine Spur. Jacky nebst Handtasche: verschwunden.
Keiner hat was gesehen, gehört oder gerochen.
Eine Stunde später, da hat der Wirt dann drüben in Prien bei der Polizei angerufen und die Jacky als abgängig gemeldet.
Der Diensthabende dort auf der Wache, der hat die Sache aber Anfangs nicht so richtig ernst genommen. Zum Wirt hat er mit einem Grinsen in der Stimme gesagt: „So einen Fall haben wir vor vierzehn Tagen aus dem Yachthotel gemeldet bekommen. Hat sich aber schnell aufgeklärt. Bei denen war das so, dass die irgendwann auf ihr Zimmer gegangen sind, und der zukünftige Bräutigam, der hat den Zimmerschlüssel minutenlang nicht ins Schloss bekommen, so nervös war der. Da hat sich die Braut gedacht: Na, das fängt ja gut an, wenn der den schon jetzt nicht reinkriegt und ist abgehaut. Also, schauen S‘ nochmal überall nach, irgendwo steckt die Braut schon.“
„Nein, die ist definitiv weg“, sagt der Wirt, „wenn Sie da jetzt nichts machen wollen, dann ruf ich in Rosenheim an und beschwer‘ mich über Sie. Ham S‘ mich?“
„Soso“, sagt der Wachhabende, „jetzt regen wir uns einmal nicht auf, wir kommen schon. Zufälligerweise

ist einer unserer besten Leute ganz in der Nähe. Polizeihauptmeister Ringo Müller, der ist mit seinem Boot im Moment an der Wagenfähre nach Gstadt, der kann in zehn Minuten bei Ihnen sein. PHM Müller, das ist ein ganz scharfer Hund, der hat Ihre verschwundene Braut so schnell gefunden, dass die nie wieder abhaut. Vertrauen sie ihm. Wiederhören."

Und der Wirt, der hat gedacht, dass er noch schallendes Gelächter in der Leitung gehört hat, kurz bevor der Polizist in Prien aufgelegt hat.

Keine fünf Minuten später, da war der Ringo Müller vor Ort. Kurz mit Vollgas um die Insel rum und dann vom Hauptsteg zum Klosterwirt rein, das ist ja jetzt wirklich keine Entfernung.

„Wo ist der Tatort?" Der Ringo, der rückt sich seine Mütze zurecht, während aus seinem Genitalbereich der Elvis Presley singt: „Are you lonesome tonight?"

„Tschuldigung, Telefon. Dienstlich", sagt der Ringo und fischt ein Handy aus der Hosentasche.

„Ja? PHM Müller, am Tatort. Nein, keine Leichenfunde. Nein, auch nicht teilweise. Verdächtige? Bei dem Wetter? Ihr seids guat, verarschts mich nur. Ende."

„Tschuldigung, das war meine Dienststelle", sagt der Ringo und steckt sein Handy wieder ein, „also, wo ist die Vermisste?"

Der Wirt verdreht die Augen, und der Hannes, der zeigt mit dem Finger auf den Wirt und sagt: „Der war's. Der hat meine Jacky mit seinen blöden Sprüchen ganz wuschig gemacht, gestern Abend. Dabei wollten wir hier heiraten. Das kannst jetzt vergessen, du Geier."

Die letzten Worte, die hat er dem Wirt ins Gesicht geschrien.
Der verzieht jedoch keine Miene und sagt: „Ohne Frau kannst du noch weniger heiraten als vorher schon, Cowboy."
Und zum Ringo sagt er: „Besagte Dame hat sich wahrscheinlich ihren Zukünftigen noch einmal genau angesehen und ist dann geflüchtet, tät ich einmal sagen."
Der Ringo, der weiß aber, dass das Verbrechen nie schläft und immer und überall ist und sagt: „Wir werden jetzt die gesamte Insel absuchen lassen. Wenn's sein muss, sogar mit Wärmebildkameras. Auf dieser Insel, da werden gleich mehr Polizisten als Urlauber sein. Rufen Sie den Bürgermeister, sowas will durchgesprochen sein. Keiner rührt sich vom Fleck, jeder geht auf seinen Platz. Amen."
Der Bürgermeister der kleinen Inselgemeinschaft, der war eine Viertelstunde später zur Stelle und hat dem Ringo vollste Zusammenarbeit zugesichert.
„Tun Sie Ihre Pflicht, aber natürlich diskret, wenn's geht, weil, wir hängen ja voll am Tourismustropf", hat er zum Ringo gesagt, „aber ansonsten stehen wir voll hinter Ihnen. Gerade unsere Mitbürger aus Pittenhart, die brauchen in dieser schweren Stunde unseren Beistand und unsere Unterstützung. Weil uns, also, wir hier auf der Fraueninsel, und die Pittenharter, wenn man das jetzt einmal im historischen Kontext sieht, dann haben wir doch, ich meine, oder? Wo war ich jetzt eigentlich?"
Verwirrt steht der Bürgermeister in dieser frühen Stun-

de vor dem Ringo und überlegt, was er eigentlich sagen wollte.
„Schon verstanden“, sagt der Ringo, „und vielen Dank auch. Jetzt nehm ich mir meine Leute und mach mich auf die Suche. Haben Sie ein Alibi für die Stunden zwischen Mitternacht und sieben Uhr früh?“
„Brauch ich nicht, ich bin der Bürgermeister.“
„Leuchtet mir ein. Weitermachen!“
Damit dreht sich der Ringo in seiner ganzen Amtspracht zum Klosterwirt und funkelt den an: „Na, und wie schaut‘s mit unserem Alibi aus?“
„Was Sie gemacht haben, weiß ich nicht“, sagt der Klosterwirt, „aber ich hab nicht einmal eine Frau, geschweige denn ein Alibi, Herr Oberförster.“
Und der Hannes, der hat mittlerweile Schaum vor dem Mund, also, bildlich gesprochen und giftet den Ringo an: „Der war‘s doch, der Wirt. Sie hätten mal sehen sollen, wie der meine Jacky gestern Nacht angemacht hat, Herr Lachmeister, äh, Wachtmeister mein ich natürlich. Wenn Sie den jetzt verhaften und ein bisserl rustikal verhören, dann hab ich meine Jacky ruck-zuck wieder.“
Dem Ringo reicht das jetzt so langsam.
„Sie machen jetzt alle irgendwas Unauffälliges, während ich und meine Profis die Insel durchkämmen. Meine Herren, habe die Ehre!“
Damit knallt er kurz die Hacken zusammen und seine rechte Hand geht an die Mütze, dann marschiert er aus der Wirtschaft.
Der Klosterwirt schaut den Bürgermeister an und sagt:

„Kannst du mir sagen, warum die in Prien uns ausgerechnet diesen Schattenboxer geschickt haben?“
„Kann ich“, erwidert der Bürgermeister, der als Politiker natürlich einen ganz anderen Blick auf solche Dinge hat. „Weil der Priener Dienststellenleiter, übrigens ein alter Spezl von mir, ein Anhänger der Chaostheorie ist. Den Ringo, den kannst du hinstellen, wo du willst, da ist im Nu der Teufel los. Und in Prien, da haben die bei der Wasserschutzpolizei sich überlegt: Da kann er nicht viel verkehrt machen, der Ringo. Im Gegenteil. Stell dir das mal so vor: Wenn man einer unbeschränkten Anzahl von Schimpansen eine unbeschränkte Anzahl von Schreibmaschinen gibt, zusammen mit einer unbeschränkten Anzahl von Papier,
dann schreibt irgendwann irgendeiner von den Affen den zweiten Teil von ‚Hamlet‘. So gesehen besteht also durchaus Hoffnung.“
Der Klosterwirt geht kopfschüttelnd in seine Küche. Der Bürgermeister, der klopft dem Hannes auf die Schulter und sagt: „Wenn‘s was Neues gibt, dann rufen Sie mich bitte gleich an. Weil, das interessiert mich jetzt persönlich. Auf Wiedersehen.“
Den ganzen lieben Vormittag haben sie die Insel abgesucht, der Ringo und seine zwei Helfer. Nichts. Keine Spur von der Jacky. Obwohl, am Gemeindesteg, also da, bei der Wagenfähre nach Gstadt, da haben sie einen Lippenstift gefunden. Schweizer Fabrikat und somit hoch verdächtig.
„Der Mörder hat die Leiche im See versenkt, da wett ich meine Pension drauf“, sagt der Ringo zu dem Uni-

formierten, der schräg hinter ihm steht, „da brauchen wir Taucher."
Also ist er zurück auf sein Boot marschiert und hat ein Protokoll geschrieben. Danach hat er den Dienststellenleiter von seinem schrecklichen Verdacht erzählt. „Bleib auf der Insel, wir schicken dir ein paar Taucher. Die kommen aus München, kann also ein bisschen dauern. Halt die Stellung! Den Hannes, den kannst du nach Pittenhart ausreisen lassen. Seine Mutter hat sich schon bei uns beschwert und verlangt, dass wir eine Streife vorbeischicken, zum Melken."
So gegen sieben, halb acht abends, da sind sie dann gekommen, die beiden Polizeitaucher aus München. Profis, mit Dreitagebart und dem gewissen Etwas im Blick. Der Ringo, der hat sie und ihre Ausrüstung in Prien-Stock an Bord genommen und auf die Insel rübergeschippert.
„Heut ist es eh zu spät zum Tauchen. Wir gehen gleich morgen früh um acht runter", hat der Größere von den beiden gesagt. Also haben sie sich beim Klosterwirt zwei Zimmer genommen.
Später, am Stammtisch, da waren auch ein paar von den Inselfischern da und die üblichen Verdächtigen. Gebannt haben sie den Geschichten der beiden Profitaucher gelauscht.
„Bis vor ein paar Monaten, da waren wir immer zu dritt", sagt der Größere und nimmt einen Schluck von seinem Bier. Als Trinkspruch ruft er in die Runde: „Der natürliche Feind aller Taucher ist der Tauchsieder, Prost!" Und sein Kumpel, der sagt: „Sticht dich im

Meer der Stachelrochen, darfst du ihn dann zur Strafe kochen. Prost!“
Andächtig nehmen die Inselfischer ihr Bierglas hoch, und der Lindner Sepp, der früher einmal Montagetaucher in Tunesien war, der sagt „Was sind die letzten Worte eines Profitauchers? Hier gibt’s keine Haie. Prost!“
Alle stoßen an und lachen, und einer rülpst und erzählt weiter: „Also, unser dritter Kollege, der taucht nicht mehr. Dem ist vor ein paar Jahren im Urlaub auf Sizilien was Furchtbares passiert. Er war mit seiner Frau zum Tauchen im Meer, und plötzlich war sie weg, die Frau. Der Kollege ist runter und hat sie überall gesucht. Nichts. Auch die italienischen Polizeitaucher, die haben sich einen Wolf getaucht, die Frau blieb verschwunden. Zwei Jahre später, das muss man sich mal vorstellen, da kam ein Fax aus Sizilien, in dem stand: ‚Die Küstenwache hat die Leiche einer Frau gefunden. Es handelt sich einwandfrei um Ihre Frau. Sie war über und über mit Muscheln bedeckt. Allerdings waren in einigen Muscheln Perlen, Wert ca. € 200.000.-. Was sollen wir machen?‘ Da hat er zurückgefaxt: ‚Perlen verkaufen. Geld schicken. Köder wieder auslegen‘.
Alle lachen, und der kleinere der Taucher, der sagt: „Nein, aber jetzt mal ganz im Ernst, wir haben schon Leichen gefunden, das glaubst du nicht. Und wenn wir wirklich mal keine Leich‘ finden, dann können wir dir auf den Meter genau sagen, wo eine liegen tät, wenn‘s eine geben würde. Prost!“
Bei der ganzen Trinkerei, da ist keinem aufgefallen,

dass einer der Fischer immer stiller geworden ist, und dass der dann auch irgendwann ganz unauffällig weg war.
Mittlerweile ist es fünf Uhr morgens, und der nächste Tag bricht an.
Die Taucher und die meisten der Insulaner liegen in ihren Betten und schlafen. Auf der Polizeiwache in Prien, da sitzt ein müder Hauptwachtmeister und schaut auf die Uhr. Noch eine Stunde bis Schichtwechsel. Das Läuten des Telefons schreckt ihn von seinem Kreuzworträtsel hoch.
„Polizeiwache Prien, Hauptwachtmeister Schneider, guten Morgen“, raunzt er ins Telefon.
„Riedlinger, Haueninsel. Ich hätt eine Leich‘ zu melden, wenn‘s recht ist.“
„Was? Um diese Uhrzeit? Jetzt bleiben S‘ einmal ganz ruhig, Frau, und erzählen Sie mir, was passiert ist.“ Der Polizist setzt sich auf und schnappt sich einen Block und seinen Kugelschreiber.
„Ich hab den Mörder genau gesehen. Also, so ungefähr jedenfalls. Der hat vor einer halben Stunde eine Nackige aus dem See gezogen. Jetzt verhaften S‘ den, aber schnell, bevor der noch mehr Leute umbringt.“
„Woher wollen Sie, bitte, wissen, dass das eine Frauenleiche war?“
Der HW Schneider, der will das Tatgeschehen möglichst eingrenzen und präzisieren.
„Logisch war das eine Frau, sowas sehe ich doch. Ich bin doch selber eine. Bin ich jetzt verdächtig?“
„Nein“, sagt der HW Schneider mit einem müden

Seufzen in der Stimme, „haben Sie den Mörder erkannt?“
„Ja, was ist das denn jetzt für ein Schmarren? Glauben Sie vielleicht, der hat seinen Ausweis hochgehalten? Der hat die mit einem Fischernetz aus dem See gezogen. Beim Nordsteg oben, da war das. Vor einer guten halben Stunde. Das arme Mädel, splitternackt war die. Und bestimmt war das eine Hübsche. Mit langen braunen Haaren, und ganz steif und bleich war sie, so wie die in dem Netz gehangen hat. Alle Viere hat sie von sich gestreckt.“
„Im Netz? Dann war das ein Fischer, oder? Wer ist denn jetzt mit dem Netz draußen? Und außerdem, was machen denn Sie um diese Zeit am Nordsteg?“
Jetzt wird der HW Schneider doch ein bisschen misstrauisch.
„Ich hab senile Bettflucht, Sie Lackel, und wenn ich nicht schlafen kann, dann geh ich spazieren. Seien Sie doch froh, dass ich nicht schlafen kann, sonst hätten Sie jetzt keine Leich‘, oder?“
Das sind natürlich Argumente, denkt der HW Schneider und nimmt die Personalien der Frau Riedlinger auf. Witwe ist sie und achtundachtzig Jahre alt. Und mit Leichen, da kennt sie sich aus, sagt sie: Weil früher, da haben wir immer noch selber geschlachtet, und das leuchtet Ihnen doch ein, oder?
„Haben Sie denn gesehen, was der mit der Leich‘ gemacht hat, Ihr Mörder?“, will der Wachtmeister wissen.
„Ja, glauben denn Sie, ich hab den gefragt? Wenn der mich gesehen hätt, dann wär ich jetzt auch tot. So ein

Mörder, der hat doch keinen Funken Anstand im Leib. Nein, der hat die tote Frau ins Boot gezogen, dann ist er mit seinem Kahn um die Kurve verschwunden, in Richtung Gemeindesteg, und da hat er dann den Motor ausgemacht. Aber mehr hab ich nicht gesehen. Ich bin gleich heim und hab für die arme Frau eine Kerze angezündet und mir einen doppelten Obstler eingeschenkt."

Also weckt der HW Schneider seinen Vorgesetzten. Der wiederum ruft in Rosenheim an, und dort, in Rosenheim, da telefoniert man nach einer kurzen internen Konferenz mit den Kollegen in München.

Die Münchner, die wissen sofort, was zu tun ist: Die Taucher, die werden abgezogen. Weil, wenn die Leich′ erst einmal aus dem Wasser ist, was soll man da noch groß im Chiemsee suchen, gell?

Was wir jetzt brauchen, sagen die Münchner, das ist ein Profi mit einem Leichenhund.

Und so kommt es, dass der Ringo die beiden verkaterten Taucher um neun Uhr morgens wieder nach Prien-Stock befördert und auf den Profi mit dem Leichenhund wartet, der ihm für ungefähr zehn Uhr avisiert ist.

Kurz nach zehn, da kommt ein Streifenwagen mit Münchner Nummer auf das Hafengelände, und ein merkwürdig aussehender Mann schwingt sich aus dem Auto. Dünn ist er, vielleicht einen Meter achtzig groß, mit einer ganz seltsamen Frisur. Mit einem Pinsel könnte man ihn wohl am besten vergleichen. Bekleidet ist er mit einer Jeans und einem Schimanski-Parka, der

schon bessere Tage gesehen hat.
Dem Beamten hinterm Steuer schüttelt der Mann kurz die Hand und öffnet die Heckklappe des Polizei-BMW. Er entnimmt eine voluminöse blaue Segeltuchtasche und einen kleingewachsenen, unglaublich hässlichen Hund.
Breitbeinig marschiert der Mann mit der Tasche auf der Schulter und dem Hund im Schlepptau auf das Polizeiboot zu, auf dem der Ringo Müller steht.
Der Ringo, der schaut zweimal hin und ruft: „Premm, ja sowas, Grüß dich, kennst mich nicht mehr? Ich bin‘s, der Ringo!“
Der Hundepsychologe Premm blickt nach hinten über die Schulter und sagt zu dem unfassbar hässlichen, aber gutgelaunten Hund: „Beachte den jetzt gar nicht. Das ist der Ringo. Wenn Blödheit weh tun würde, dann tät sich der Ringo ununterbrochen in Krämpfen wälzen.“
Jetzt muss man erklären, dass der Premm in einem früheren Leben bei der Kripo in München war. Und von einem ziemlich schwierigen Fall, der in dem Buch „Chiemseejazz“ (gleicher Verlag, gleicher Autor) beschrieben wird – von daher kennt er den Ringo.
War kein Ruhmesblatt für den Premm, die Geschichte mit der Rumänen-Mafia und den Verfolgungsjagden rund um den Chiemsee. Deswegen ist er ja auch jetzt Hundepsychologe und versucht immer noch, etwas Abstand von seiner früheren Tätigkeit als Kripo-Mann zu gewinnen.
Der Premm wirft seine Stofftasche an Bord und klemmt sich den Hund unter den Arm, mit der anderen Hand

lässt er sich vom Ringo auf das Boot helfen.
„Nettes Hunderl hast du da. Ist doch bestimmt ein reinrassiger Dings, wie heißen die doch gleich?“, fragt der Ringo, weil man die Rasse des Hundes nicht einmal erahnen kann. Beim besten Willen nicht.
So um die acht oder neun Kilo wird er wohl haben, der Rüde, und er stellt einen repräsentativen Querschnitt aller bis dato bekannten Hunderassen dar. Außerdem hat er Unterbiss und schielt ein bisschen. Farblich ist er zwischen braun und Tarnfarben angesiedelt.
„Anders rum: Wie heißt der denn?“, hakt der Ringo nach.
„Besen“, sagt der Premm.
„Da vorn, in der Kiste“, damit deutet der Ringo zum Bug.
„Nein, du Blödmann, der Hund heißt Besen.“ Jetzt wird der Premm langsam sauer.
„Netter Name“, sagt der Ringo, „kann man sich gut merken.“
„Also, was haben wir?“, fragt der Premm und streichelt seinen Besen, also den Hund.
„Auf der Insel ist möglicherweise eine Frauenleiche versteckt. Könnte sich um eine Schweizerin handeln, die seit gestern abgängig ist. Ihr Herrchen, Blödsinn, jetzt bin ich schon ganz durcheinander. Ich meine, ihr zukünftiger Mann, der ist ein fernsehbekannter Bauer aus Pittenhart. Und spätestens heute Nachmittag haben wir hier die Fernsehleute und die Presse, und dann ist Tanz im Schuhkarton, das sag ich dir. Aber jetzt bist ja du hier vor Ort, da kann uns gar nichts mehr pas-

sieren. Wenn ich nur dran denk, wie dich der Stocker immer ausgebremst hat." Der Ringo fährt mit Vollgas aus dem Priener Hafen und nimmt Kurs auf die Fraueninsel.
Der Hundepsychologe Premm stellt sich neben den Ringo und sagt: „Mein Psychologie-Professor, der hat mir erzählt, wie der typische Werdegang eines Polizisten der mittleren Laufbahn ist. Willst du mal hören?"
„Klar, aber fass dich kurz, wir sind gleich da", sagt der Ringo und grinst den Premm höhnisch an.
„Also, zum Beispiel geht eine Frau mit ihrem Mann zum Arzt und sagt, Herr Doktor, mein Mann spricht nur in chemischen Formeln. Da nimmt ihm der Arzt eine Gehirnhälfte raus. Nach vierzehn Tagen kommt die Frau mit ihrem Mann wieder und sagt, es ist zwar weniger geworden mit den chemischen Formeln, aber er spricht immer noch so komisch. Da nimmt ihm der Arzt die zweite Gehirnhälfte auch raus und legt in den Hohlraum im Kopf zwei alte Brötchen. Der Mann erwacht nach einiger Zeit aus der Narkose und sagt: Polizei! Fahrzeugpapiere und Führerschein, bitte!"
„Witzig, ehrlich." Der Ringo zieht das Polizeiboot in einer eleganten Schleife an den Hauptsteg und deutet nach vorne: „Das da, gleich am anderen Ende vom Steg, das ist der Klosterwirt. Da haben wir ein Zimmer für dich, und ein Kollege aus Prien wird dich informieren. Mach dich vom Boot, aber dynamisch!"
„Auf bald, Ringo. Wo ich bin, ist vorn. Oder wie wir Schachspieler sagen: Der letzte Zug ist der, der dem König den Tod bringt. Komm, Besen, das Verbrechen

schläft nie."
Damit nimmt der Premm seine Segeltuchtasche in die eine Hand und schnappt sich seinen Hund mit der anderen.
In der Gaststube vom Klosterwirt sitzen der Bürgermeister und der Priener Polizeichef zusammen mit dem Wirt und einigen Männern vom Gemeinderat am Stammtisch und begrüßen den Premm.
„Der Bräutigam unserer vermissten Schweizerin, der Hannes, der ist wieder in Pittenhart und gibt Interviews. Ich hab ihn vor einer Stunde auf diesem Luxemburger Sender gesehen. Der behauptet natürlich, wir, also die Insulaner, würden versuchen, das ganze Ding unter den Teppich zu kehren. Deshalb, meine Herren, hat diese Sache höchste Priorität."
Diese Worte kommen vom Bürgermeister und sind in erster Linie an den Polizeichef gerichtet.
Dann schaut der Bürgermeister auf den Hund vom Premm und sagt: „Der ist ja doch irgendwie übersichtlich. Wo haben Sie den denn her?"
„Aus der Asservatenkammer in München", sagt der Premm. „Dieser Hund war Eigentum eines Sendlinger Totengräbers. Und wenn sich einer mit Leichen auskennt, dann der. Übrigens, sein Name ist Besen."
„Ah ja", sagt der Bürgermeister, „Besen, das ist wirklich ein sehr interessanter Name. Warum schnuppert er denn so angeregt an meinem Schuh? Wahrscheinlich mag er mich, oder?"
„Muss nicht unbedingt sein", sagt der Premm, „ist auch möglich, dass Sie bald sterben. Sowas riecht der

nämlich. Also, wie sieht's hier aus, was haben wir, wo fangen wir an?"

Der Polizeichef gibt dem Premm einen kurzen Überblick und endet mit den Worten: „Und deswegen vermuten wir, dass die Leiche der armen Frau hier auf der Insel versteckt ist. Wahrscheinlich wartet der Mörder ab, bis sich der Rummel ein bisschen gelegt hat, und dann will er sie wohl endgültig entsorgen. So sehen wir das. Ich würde also vorschlagen, Sie bringen Ihre Sachen aufs Zimmer und essen schnell was, und dann fangen Sie im Gebiet um die Fährenlände zu suchen an."

Das haben sie dann auch getan, der Premm und sein Leichenspürhund. Nur, rund um die Fährenlände, da war rein gar nichts. Die Suche wurde ausgeweitet auf den Klosteranger, weiter zum Bolzplatz und auf die andere Inselseite bis rüber zum Gemeindesteg. Nichts. Keine Spur.

So gegen neun Uhr abends ist es dunkel geworden, und der Premm hat die Suchaktion abgebrochen.

Alle Beteiligten sind früh zu Bett gegangen an diesem Abend, und keiner hätte gedacht, dass sich nur einige Stunden später die Gesamtsituation dramatisch zuspitzen würde.

Genau um drei Uhr siebenundvierzig nämlich, da hat auf der Polizeiwache in Prien wieder das Telefon geläutet. Und der HW Schneider, der ja die ganze Woche Nachtschicht zu schieben hatte, der war wieder am Telefon: „Polizei Prien, Hauptwachtmeister Schneider, guten Morgen."

„Nein, der wird gar nicht gut, der Morgen. Der Mörder ist wieder unterwegs!"
„Frau Riedlinger?"
„Jawoll, genau die. Jetzt hören S' einmal genau zu, Sie Aufklärungsverhinderer! Der Mörder ist wieder unterwegs, ich hab ihn vor fünf Minuten gesehen. Am Bolzplatz. Mit einer Säge hat er versucht, die arme Frau zu zerschneiden."
„Was? Mitten auf dem Bolzplatz? Das glauben Sie doch selber nicht. Haben wir zwei wieder einmal einen Obstler zu viel, Frau Riedlinger?"
Jetzt schäumt sie, die alte Riedlingerin: „Sie ausg'schamter Nasenrammel Sie! Ich möchte gar nicht wissen, was Sie in Ihrer Nachtschicht so alles trinken, weil Sie gar so einen Schmarrn daherreden. Ich hab ihn mit meinen eigenen Augen gesehen. Und zwar am unteren Ende vom Bolzplatz, wo's zum Nordsteg runtergeht. Und zersägen wollt er sie, als ob das arme Mädel nicht schon genug gelitten hätt. Dann muss er mich wohl gesehen haben, oder er hat was gehört, ich weiß auch nicht. Auf jeden Fall hat der Augen wie glühende Kohlen, und mit denen hat er mich angeschaut, der Mörder. Dann hat er das arme Mädel unter den Arm genommen und ist in Richtung Fischräucherei davongelaufen. Und nackig war die auch immer noch. Der hat überhaupt kein Schamgefühl, der Mörder, der ausg'schamte."
„Jetzt bleiben S' bitte da, wo Sie sind, wir schicken Ihnen sofort jemanden nach Hause."
Keine halbe Stunde später war der Premm mit seinem

Besen, also, dem Spezialhund am Bolzplatz. Kurz drauf ist der Ringo mit seinen Leuten gekommen, und im Nu war auf der grünen Wiese ein halbes Dutzend Halogenscheinwerfer aufgestellt. Taghell war's rund um den Tatort, und der Besen, der schnüffelt und schnuppert, dass es nur so eine Freude ist.
Und tatsächlich, unten, am Wiesenrand in der Nähe des Weges, da waren ein paar frische Blutstropfen, die im feuchten Gras geglitzert haben. Rund um die Blutstropfen, da lagen ein paar kleine, weiße Krümelchen. Der Premm nimmt eins auf und reibt es zwischen seinen Fingern.
„Rauschgift ist das keins", sagt er, „fühlt sich eher wie Plastik an. Gummi, oder Silikon. Wie so Zeugs, das man zum Fugendichten hernimmt. Wird mir langsam unheimlich, die Sache. Der Täter muss die Leiche mit irgendwas Chemischem behandelt haben, sonst würde der Hund Witterung aufnehmen. Das erinnert mich an einen Fall, den ich mit meinem früheren Vorgesetzten bei der Münchner Polizei mal bearbeitet habe. Da ist der Mörder ähnlich vorgegangen. Den ruf ich jetzt an."
„Wen, den Mörder?", staunt der Ringo.
„Nein, den Kommissar Zuckerhahn, du Mondsüchtiger. Der ist seit einiger Zeit an so einer ähnlichen Sache dran."
Dass der EKHK (Erster Kriminal-Hauptkommissar) Zuckerhahn erfreut war, dass man ihn um fünf Uhr früh aus seinen Träumen geklingelt hat, das kann man jetzt nicht so sagen. Und dass es außerdem noch der

Premm-Pinsel, sein früherer Assistent war, der da am anderen Ende der Leitung auf ihn eingeredet hat, das hat seine Laune auch nicht gerade verbessert.

„Jetzt mal langsam, Premm", grummelt der Zuckerhahn, „ich muss erst mal den Schock verdauen, dass ausgerechnet Sie mich anrufen. Sie sind hinter einem Mörder her, so viel hab ich verstanden. Und der hat eine nackte Frauenleiche aus dem Chiemsee gezogen, das hab ich auch kapiert. Und er wollte sie zersägen, mitten auf der Fraueninsel, auch klar. Aber was ist das mit dem Silikon? Sie glauben, er hat die Leiche chemisch behandelt? Damit sie länger ansehnlich bleibt? Interessant!"

Der EKHK Zuckerhahn streckt die Beine aus dem Bett und setzt sich auf. Von draußen kommt das erste Tageslicht durch die Gardinen, und von der Straße her hört man die städtische Kehrmaschine rauschen.

„Das klingt verdammt nach unserem Frauenmörder Wurm", sagt der Zuckerhahn, „da hätten Sie ausnahmsweise mal Recht. Bei euch ist der also jetzt. Schau an. Der hat seine Leichen auch bevorzugt in bayrischen Seen zwischengelagert und dann mit irgendwelchen Chemie-Mätzchen behandelt, damit er sie länger ansehen konnte. Und in mindestens zwei Fällen, da hat er sie auch zersägt, seine Opfer. Ich komm heut Vormittag noch zu euch rüber, ich übernehm den Fall. Kein Wort zur Presse. Wenn der Wurm gewarnt ist, dann taucht der wieder ab, und wir schauen in die Röhre. Bis gleich, bereiten Sie schon mal alles vor, Sie waren ja bei mir in der Lehre."

Der Ringo grinst den Premm an und sagt: „Wenn der Zuckerhahn auftaucht, dann wären wir ja alle wieder versammelt. Wie in alten Zeiten. Aber sag mal, heißt der Frauenmörder wirklich Wurm?“
Der Premm verdreht die Augen und sagt zu seinem Hund, dem Besen: „Was hab ich dir gesagt?“
Und zum Ringo sagt er: „Nein, der Frauenmörder heißt mit Sicherheit nicht Wurm. Der Zuckerhahn, der hat ihn nur so getauft, weil dieser österreichische Sänger, dieser Georg Danzer, mal ein Lied über den Frauenmörder Wurm geschrieben hat, verstehst?“
„Ach, der Danzer, der Liederschreiber, der hat den Wurm gekannt?“
„Nein, Ringo“, sagt der Premm, „der hat ein Lied geschrieben, über einen Frauenmörder, das geht ungefähr so: „I schleich herum, bei Nacht und Sturm, i bin der Frauenmörder Wurm. I bin fü schlaua ois de Polizei, de Deppn fangan mi nia ei.“ So ist das Lied, und weil wir dem Mörder vier oder fünf tote Frauen zuordnen, ihn aber nie gekriegt haben, drum hat ihn der Zuckerhahn den Frauenmörder Wurm genannt. Hast mich jetzt? Und jetzt sichere den Tatort ab und bleib hier, bis der Zuckerhahn da ist. Der Besen und ich, wir legen uns noch ein paar Stunden hin. Ich tät wirklich gern bei dir hier bleiben, aber der Besen, der ist sowas von sensibel, wenn der seinen Schlaf nicht hat, dann haut‘s dem die Sicherung aus der Nase. Habe die Ehre.“
Er nimmt seinen hochsensiblen Hund unter dem Arm, der Premm, und stakst in Richtung Klosterwirt von dannen.

Wenn ich mit denen arbeite, hab ich immer die Arschkarte, denkt sich der Ringo. Gerecht ist das nicht.

Gegen zehn Uhr an diesem Vormittag ist der EKHK Zuckerhahn mit seinen zwei engsten Mitarbeitern in einem Hubschrauber von München nach Prien geflogen worden. Der Ringo, der ein kurzes Gastspiel als Gepäckträger geben musste, der hat den hohen Besuch auf die Insel rüber geschippert und war sicherlich wieder eine halbe Stunde mit Ausladen und Schleppen beschäftigt.

Denn der Kommissar Zuckerhahn, der hat seine gesamte Ausrüstung zum Ergreifen von Frauenmördern dabeigehabt. Und solche Kriminelle, die fängt man nicht mit Schmetterlingsnetzen.

Sogar ein transportables Labor wurde mitgebracht.

Der Klosterwirt, der hat darauf bestanden, dass die polizeiliche Einsatzzentrale in einem seiner Hinterzimmer eingerichtet wird.

So waren sie also gegen Mittag an diesem Tag am Beratschlagen, der Zuckerhahn, seine beiden Profis, der Premm, der Bürgermeister und der Ringo, der diesmal zum Kaffeeholen abkommandiert war.

„Also, was haben wir?", fragt der Zuckerhahn in die Runde.

Einer seiner Assistenten steht vor dem Flipchart und fasst zusammen: „Die vermisste Jacky S. wurde bis dato nicht gefunden. Der Lippenstift, der am Gemeindesteg aufgefunden wurde, der kann der Vermissten mittlerweile zweifelsfrei zugeordnet werden. Die Zeugenaussage der Frau Riedlinger, die ein verdächtiges Subjekt

mit einer unbekleideten Frauenleiche gesehen haben will, die ist durchaus ernst zu nehmen. Besagtes Subjekt wurde noch einmal gesichtet, als es Handlungen an der Leiche vornahm. Laut unserer Zeugin versuchte der Mann, die Leiche zu zersägen. Am Tatort, also am Sägeort, da haben wir Blutspritzer gefunden, die noch labortechnisch untersucht werden. Außerdem vierundzwanzig Silikonkrümel, die wir nicht zuordnen können. Der Leichenspürhund war flächendeckend im Einsatz, allerdings ohne Ergebnis. Ende der Zusammenfassung."
„Danke", sagt der Zuckerhahn, „Premm? Haben Sie dem was hinzuzufügen?"
„Mein Spezialhund, der Besen, ist einer der besten Leichenspürhunde Bayerns", sagt der Premm, „wenn da eine Leiche gewesen wär, hätt er sie gefunden. Außer zwei Gebissen und drei getragenen Unterhosen sowie einem Paket mit schwedischen Pornos, wasserdicht verpackt, haben wir keine nennenswerten Funde zu melden."
„Gut, dann machen wir folgendes: Wir gehen an die Öffentlichkeit", sagt der Kommissar Zuckerhahn, „weil, wenn es eine Entführung wär, dann hätten wir längst eine Lösegeldforderung oder sowas. Wenn es ein simpler Lustmord wäre, dann hätten wir eine anständige Leich'. Wir haben aber gar nichts. Außer einem Ehemann in spe, der in Pittenhart sitzt und ein Fernsehinterview nach dem andern gibt."
Das stimmt, muss man jetzt mal einflechten. Denn der Hannes, der hat mittlerweile einen Exklusiv-Vertrag

mit einem privaten TV-Sender, der besagt, dass er, der Hannes, mindestens dreimal am Tag auf Sendung gehen muss. Und zwar live und tief betroffen.
Die letzte Ausstrahlung, die war in den 11 Uhr-Nachrichten, da sagte der Hannes nach der Einleitungsmusik: „Jacky, wenn du mich jetzt hörst, dann melde dich. Gib mir ein Zeichen, oder sag mir wenigstens, wo die Bedienungsanleitung für die Kaffeemaschine ist, die ich bei dem Radrennen gewonnen habe. Ich vermisse dich, und die Kühe, die vermissen dich auch, weil du doch so schöne weiche Hände hast."
Zurück zur Task-Force auf der Fraueninsel:
„In genau drei Stunden, um 15 Uhr Ortszeit, da machen wir in der Gaststube eine Pressekonferenz. Karren Sie alle Journalisten her, die einen Kugelschreiber halten können, und die Fernsehgeier da draußen, die laden wir auch alle ein", sagt der Zuckerhahn, „ich geh jetzt zum Mittagessen. Mahlzeit. Ringo, du organisierst für die Pressekonferenz Schnittchen und gemischte Getränke. Wenn man den Schreiberlingen nichts zu essen gibt, dann schreiben die nichts."
Damit marschiert er aus dem Besprechungszimmer, der Kommissar, gefolgt von seinen beiden Assistenten und dem Premm nebst seinem Spezialhund.
Der Bürgermeister und der Wirt stecken die Köpfe zusammen und besprechen, wie man das ganze Desaster tourismusmäßig ausschlachten könnte.
Während der Ringo überlegt, warum ausgerechnet er immer die Deppen-Jobs kriegt. Bei den „Rosenheim-Cops" und in Farbe, da sieht das alles ganz anders aus,

denkt er.
Um drei Uhr nachmittags war die Gaststube vom Klosterwirt rappelvoll und Sahara-mäßig heiß, von den vielen Scheinwerfern der vier oder fünf Fernseh-Teams. Außerdem war ein gutes Dutzend Journalisten verschiedener Zeitungen anwesend. Zwei der Schreiberlinge, die sich lange nicht gesehen haben, die tauschen Neuigkeiten aus.
„Ich war sowieso in der Nähe", sagt ein rustikaler Mittfünfziger zu seinem Kollegen rechts neben ihm, „weil ich eine Reportage über ein Seniorenstift in Aschau gemacht habe. Jetzt stell dir mal vor, am Schluss des Gesprächs sage ich zu einer achtundachtzigjährigen Dame: Ich würde Ihnen gerne noch eine persönliche, sehr intime Frage stellen, nämlich: Wann hatten Sie denn zum letzten Mal Sex?
Neunzehn-fünfundvierzig, sagt sie.
Hoppala, das ist aber schon eine ganze Weile her, nicht wahr?, sage ich,
Und sie sagt: Warum, wir haben jetzt Zwanzig-fünfzig."
Die beiden lachen sich krumm, und der andere Kollege sagt: „Und ich hab gestern die kürzeste Musikkritik aller Zeiten geschrieben. Pass auf: Die Pianistin Claudia Müller gab am Dienstag in der Stadthalle Rosenheim ihr erstes klassisches Konzert. Warum?"
Die beiden kriegen sich nicht mehr ein vor Lachen, und der Journalist in der Sitzreihe hinter ihnen, der das Gespräch mitbekommen hat, der sagt jetzt:
„Also, ich hab letzte Woche den Trainer der Rosenhei-

mer Eishockeymannschaft interviewt, und meine letzte Frage, die war: Was ist schöner für Sie, ein Sieg Ihrer Mannschaft, oder Weihnachten? Da sagt der doch glatt zu mir: Na, Weihachten, weil das öfters ist."

Jetzt betritt der Kommissar Zuckerhahn mit seinen zwei Assistenten den Raum und sofort herrscht gespannte Stille.

„Guten Tag, meine sehr verehrten Damen und Herren!", sagt der Zuckerhahn mit seiner schönsten Walter-Sedlmayer-Stimme, „mein Name ist Zuckerhahn, Erster Kriminal-Hauptkommissar Zuckerhahn, und ich bin der Leiter der ‚SoKo Müsli'. Hier hinter mir sehen Sie Fotos einer jungen Frau, die wir seit gestern vermissen. Die Dame ist seit den frühen Morgenstunden abgängig, wir gehen mittlerweile von einem Verbrechen aus. Meine Assistenten hier, die haben eine Mappe mit allen Informationen für Sie vorbereitet, und wir bitten nun die Öffentlichkeit um Mitarbeit. Wer hat die gesuchte Frau gesehen? Wer kann Angaben zu ihrem jetzigen Aufenthaltsort machen? Jeder noch so kleine Hinweis könnte uns weiterbringen. Hinter mir an der Tafel, da sehen Sie eine Telefonnummer. Unter dieser Nummer können Sie mich oder einen meiner Mitarbeiter rund um die Uhr erreichen. Bitte helfen Sie uns. Der uniformierte Beamte am Eingang, Hauptwachtmeister Ringo Müller wird Ihnen beim Verlassen des Saales die Mappen überreichen. Danke für Ihre Aufmerksamkeit und guten Tag."

Damit geht der Kommissar Zuckerhahn von der provisorischen Bühne und verschwindet durch die Hin-

tertür.
Und so steht der Ringo also wie ein Prospektverteiler in der Fußgängerzone am Ausgang der Gaststube und lässt seinen Frust an den Reportern aus.
Zu einem Schreiber dieser kostenlosen Mittwochs-Zeitung sagt er: „Dein Käseblatt taugt doch eh nur als Sichtschutz beim Frühstück, was willst du also mit der Mappe?“
Und zu einem anderen, einem Reporter aus Traunstein: „Soll ich dir mal verraten, wie deine Artikel mehr Aufmerksamkeit kriegen? Mach einfach Konfetti draus!“
Viel Glück hat der Zuckerhahn aber auch nicht, denn kaum, dass er aus der Wirtschaft ins Freie tritt, da versperren ihm drei weißgekleidete Männer in wallenden Gewändern den Weg. Als Kopfbedeckung hat jeder der drei ein Nudelsieb, allerdings tragen sie verschiedene Modelle.
Das Obernudelsieb verstellt dem Zuckerhahn den Weg und sagt: „Bruder, können wir noch mal reingehen, wir haben auch eine Information für die Fernsehleute und die Zeitungen.“
„Zu meinem Fall?“, fragt der Zuckerhahn.
„Nein, Bruder, aber es ist ja so, dass universell gesehen sowieso alles in einem größeren Zusammenhang steht und in ungefähr zwei Wochen die Welt untergeht. Und nur wir von der Kirche des fliegenden Kürbis, wir haben die Erlösung anzubieten“, sagt das Chefnudelsieb.
Die drei nicken synchron mit den Köpfen, sodass die Nudelsiebe bedenklich ins Wackeln kommen.
„Wisse, Bruder“, meint jetzt Sieb Nummer 2, „die Er-

lösung würde kommen, wenn jeder Erdling einen Kürbis pflanzt, und zwar einen Cucurbita moschata. Weil unsere Götter vor genau sechstausend Jahren auf diesen Planeten gekommen sind, und ihre Kinder, nämlich die heiligen Kürbisse, dagelassen haben. Leider haben die damaligen Erdbewohner, ein unwissendes, griechisch sprechendes Volk, die Kürbisse aufgegessen. Seitdem lastet ein Fluch auf dieser Erde. Alles nur wegen dieser Griechlinge. "
„Die Geschichte hab ich schon mal gehört", sagt der Zuckerhahn zum Oberkürbis, „und irgendwie wiederholt sich alles auf dieser Welt. Erst waren es eure Kürbisgötter, und nun schlucken sie unseren Euro, diese Griechlinge."
Nudelsieb Nummer 2 nickt und seufzt: „Genau, du erkennst die interstellaren und evolutionären Zusammenhänge, mein Bruder. Uns haben später die Scientologen die Kürbis-Erkenntnis geklaut und vermarktungsgerecht umgebaut. Deswegen haben wir ja auch diese Gedankenschutzhelme auf. Damit die uns nicht noch mehr ausspionieren können, verstehst du, Bruder? Bei uns in der Kirche, da ist Reinkarnation kein automatisches Upgrade wie bei denen."
„Wissen Sie, was mir jetzt gerade einfällt?", sagt der Zuckerhahn und tippt dem Oberkürbis an die weiße Brust, „ich hab einen Spezialisten für Evolutionsfragen und Weltuntergänge in meinem Team. Der weiß, was in so einer Notlage zu tun ist. Moment."
Damit dreht sich der Zuckerhahn um und ruft: „Ringo, wenn du mit den Mappen durch bist, komm raus.

Ich hab da eine knifflige Sache für dich."
Schon kommt der Ringo angetrabt und sieht sich die drei Nudelsiebheiligen an: „Sind die von den Fischer-Chören oder was?"
„Meine Herren, darf ich Sie mit unserem Sonderbeauftragten für Außerirdische Wahrnehmungen und religiöse Vorkommnisse alleine lassen? Ich hab hier noch was Profanes zu tun", sagt der Zuckerhahn, und im Weggehen kriegt er noch mit, wie der Oberkürbis dem Ringo ein Nudelsieb übergibt, und wie sich die anderen beiden Weißlinge verbeugen.

Aber dann, zwei Stunden später, kurz nach den 18 Uhr-Nachrichten, da läutet das Handy vom Zuckerhahn und dran ist… die Jacky.
„Das tut mir jetzt aber ehrlich leid, oderrr", sagt sie, „ich bin natürlich nicht tot, oderrr, wie ich grad im Fernsehen gesehen hab, sondern das war so: Weil ich nicht schlafen konnte, bin ich so um drei in der Früh noch ein bisseli spazieren gegangen, weil ich mich mit dem Hannes so gestritten hab im Zimmer. Weil der so eifersüchtig war und mir alles Mögliche an den Kopf geworfen hat, oderrr. Und da unten am Seglersteg, da war dieses wunderschöne Bötli von dem Doktor aus München. Mit dem hab mich ganz herzig unterhalten. Und irgendwann hat der gesagt: Komm, wir hauen ab. Ich bin frisch geschieden, hat er zu mir gesagt, und bei mir, da hast du alles, was du dir wünschst. Haus, Auto, Boot, Geld. Sowas wie dich, hat er gesagt, sowas wollte ich schon immer kennenlernen. Außerdem ist

er ein bekannter Schönheitschirurg aus München, hat er gesagt. Und dann, dann hat er mir noch Fotos gezeigt. Von seinem Haus in Spanien, von seinem Appartement in Portugal und seiner Villa in Florida. Da bin ich halt schwach geworden, oderrr."

„Wo sind Sie jetzt?", hat der Zuckerhahn gefragt.

„In Spanien, seit gestern Abend. Er hat ja auch ein eigenes kleines Flugzeug in Bad Endorf stehen, der Hans-Peter, und da sind wir dann gestern früh nach Lyon geflogen, und dann weiter nach Alicante. Deswegen hab ich den ganzen Rummel jetzt eben erst mitgekriegt. Das tut mir ja auch alles sehr leid wegen dem Hannes, aber, wie soll ich sagen, oderrr?"

„Jetzt gehen Sie mal zur nächsten Polizeidienststelle und rufen mich von dort aus an, sodass einer der Polizeikollegen danebensteht und mir die Story bestätigen kann, dann ist das für mich erledigt. Das mit dem Hannes in Pittenhart, das müssen Sie aber selber noch klären, okay?"

„Danke vielmals, Herr Polizeipräsident, Sie sind halt ein echter Gentleman, oderrr."

Und aufgelegt hat sie, die Jacky.

Der Zuckerhahn, der schaut seine beiden Assistenten an und knurrt: „Weiber!" Und zum Ringo ruft er rüber: „Hey, Ringo, entweder du besteigst mit deinen neuen Freunden ruck-zuck ein Raumschiff und lässt dich zum Chefkürbis wählen oder du räumst den ganzen Krempel von uns zusammen und schaffst das Zeug auf deine Galeere. Wir sind hier fertig."

„Und Sie", sagt er zum Bürgermeister, „Sie können die

Fernsehleute und die Reporter anrufen und denen erzählen, dass Sie persönlich die vermisste Frau ausfindig gemacht haben, dann dürfte Ihre Wiederwahl geritzt sein."

Der Bürgermeister, der spricht aber gerade mit einem älteren Herrn. Den nimmt er jetzt unter den Arm und führt ihn zum Zuckerhahn.

„Sag dem Herrn Kommissar, was du mir gerade gesagt hast, Sepp! Aber genauso und ohne Ausflüchte. Los!"

Der Sepp, ein gebeugter, kleiner Mann, dem ist das Ganze sowas von peinlich, und er beginnt leise zu sprechen: „Herr Kommissar, des is mir ja so unangenehm. Die Leich', die ist gar keine Leich', sondern, wie soll ich sagen? Also, ich leb schon so lang allein hier auf der Insel, da wird man langsam deppert vor Einsamkeit. Und da hab ich mir aus so einem Katalog so eine Plastikfrau gekauft, also, schicken lassen. Die schaut aus wie echt, aber die ist halt nackert geliefert worden. Ohne Kleider, bloß mit so einem schwarzen Fummel um den Bauch rum. Da hab ich erst gemerkt, was ich mir da ins Haus geholt hab. Das war keine zum Reden, das war eine für ganz was anderes. Das war mir dann so peinlich. Und dann hab ich auch noch in der Nacht, wo ich spazieren gegangen war, den Streit im Hotelzimmer beim Klosterwirt mitgekriegt. Dann hab ich die Frau weglaufen sehn, zum Seglersteg runter. Da hab ich mir gedacht, wenn da jetzt was passiert, und die Polizei sucht die Insel ab, dann kommen die auch zu mir. Und finden die Nackerte. Ja, dann brauch ich am Sonntag gar nicht mehr in die Kirch' zu gehen, weil mich der Pfarrer

dann sowieso mit dem Weihwasserkessel derschlagt. Also wollt ich die Nackerte in den See werfen. Die ist aber nicht untergegangen, das depperte Luder. Dann hat mich zu allem Überfluss auch noch die alte Riedlingerin gesehen, da hab ich meine Nackerte wieder ins Boot gezogen und bin um die halbe Insel rumgefahren. In der nächsten Nacht, da wollt ich das Weib, also, die Puppe zersägen. Das ist aber gar nicht so einfach. Zersägen Sie mal so ein Silikonluder! Das macht Ihnen das ganz schön schwer, das können Sie mir glauben. Und wie ich jetzt im Fernsehen mitgekriegt hab, dass hier tatsächlich eine Frau verschwunden ist, und dass das ja ein Kapitalverbrechen ist, da hab ich mir gedacht: Sepp, hab ich gedacht, jetzt musst du dich stellen. Und hier bin ich. Verhaften S' mich jetzt?"
„Wo ist die Puppe?", fragt der Zuckerhahn.
„Bei mir im Bootsschuppen, und da hab ich auch noch einen guten Schnaps, einen selbstgemachten."
„Den brauch ich jetzt", sagt der Zuckerhahn, „los, gemma, Ihr Schnaps, der ist verhaftet. Und du, Bürgermeister, du kommst nach, sobald du mit deinen Telefonaten durch bist."

„Tja", sagt der Bertl zu seiner Anna, „so ist das gewesen, ich schwör's bei meinen Schwanzfedern."
„Aber was ist denn mit der Jacky passiert? Ist die mit ihrem Schönheitschirurgen glücklich geworden? Und was ist mit dem armen Hannes? Was hat der denn gemacht aus der ganzen Sache?"
„Die Jacky, die hat's gut", sagt der Bertl, „von der war

vor einiger Zeit ein Bericht in einer Frauenzeitschrift. Im Gesicht sieht sie jetzt aus wie die junge Jacky Kennedy, in der Mitte ähnelt sie der Pamela Anderson, und der Rest ist voll die Marilyn Monroe. Da hat sich der Herr Schönheitschirurg so richtig ausgetobt an seiner Jacky. Der Hannes, der hat's auch ganz gut erwischt. Der ist jetzt ein Schauspieler und macht seinen Bauernhof nur noch nebenbei, so als Hobby."

„Ein Schauspieler, so richtig berühmt?", fragt die Anna.

„Wie man's nimmt", meint der Bertl. „Den Hannes, den sieht man jetzt oft in Werbespots für Abführtropfen oder Gebissreiniger oder Rheumasalben. Wird aber gut bezahlt, sowas. Der Ringo, der hat sich übrigens einen Hund gekauft, der fährt jetzt immer auf dem Polizeiboot mit raus. Weil der Premm gesagt hat, so ein Hund, der kann deine Seele steuern. Und einen Hund, der steuern kann, so einen kann man auf einem Boot immer gebrauchen, hat sich der Ringo gesagt."

„Hach", sagt die Anna, „jetzt bin ich so aufgeregt von dieser Geschichte, jetzt krieg ich kein Auge zu. Komm, lass uns noch eine Runde fliegen!" Und schon ist sie in der Luft.

„Nein, bitte, Ännchen, jetzt wart' doch", ruft ihr der Bertl hinterher. Aber sie ist schon auf und davon geflattert, und ächzend und stöhnend macht sich der Bertl auf die Beine und fliegt seiner Anna hinterher in die helle Mondnacht, weil:

Alleine schlafen, das bringt ja nun auch nichts.

Nicht einmal hier, im bayrischen Paradies.

1. Auflage 2011

www.chiemgauerverlagshaus.de

Umschlagbild: Josef Reiter
Satz und Layout: Sylvia Gruber

ISBN 978-3-9813620-5-3

Inhalt

Der lange Heimweg 5

Der Kini lebt! 14

Das Geheimnis der Krautinsel 28

Die magische Möwenfeder 42

Der Inselmaler 74

Draußen nur Kännchen 97

Neulich, am Stammtisch in der „Linde“ 116

Liebe süßsauer: Nix brennt so heiß
wie die Liebe zwischen Bayer und Preiß 136

Der Loibner Franz und
die Chiemseefisch-Mafia 157

Mord? Wer macht denn sowas? 177